孔灏 著

观自在

图书在版编目（CIP）数据

观自在 / 孔灏著 . — 北京 : 中国书籍出版社，2018.8
ISBN 978-7-5068-6950-8

Ⅰ . ①观… Ⅱ . ①孔… Ⅲ . ①散文集—中国—当代
Ⅳ . ① I267

中国版本图书馆 CIP 数据核字 (2018) 第 169951 号

观自在

孔　灏　著

图书策划	牛　超　崔付建
责任编辑	尹　浩
责任印制	孙马飞　马　芝
出版发行	中国书籍出版社
地　　址	北京市丰台区三路居路 97 号（邮编：100073）
电　　话	（010）52257143（总编室）（010）52257140（发行部）
电子邮箱	eo@chinabp.com.cn
经　　销	全国新华书店
印　　刷	三河市华东印刷有限公司
开　　本	650 毫米 ×940 毫米　1/16
字　　数	195 千字
印　　张	13
版　　次	2018 年 8 月第 1 版　2018 年 8 月第 1 次印刷
书　　号	ISBN 978-7-5068-6950-8
定　　价	42.00 元

版权所有　翻印必究

目录

赵州茶　／　001

云门饼　／　005

一苇渡江　／　009

频呼小玉　／　013

桃花庵主　／　017

寒　窑　／　021

风乍起　／　025

相见欢　／　029

好雪片片　／　033

声声慢　／　037

走江湖　／　041

树犹如此　／　045

孔颜之乐 / 049

老子三宝 / 053

孟子不高兴 / 057

画　眉 / 061

梅花三弄 / 065

游龙戏凤 / 069

春风十里 / 073

十万梅花 / 077

蝴蝶与歌声 / 081

雨打梨花 / 084

欺天乎 / 088

江南春 / 092

夜夜抱佛眠 / 096

长干行 / 100

一瓢饮 / 104

寄生草 / 108

似此星辰 / 112

莼鲈之思 / 116

还来就菊花 / 120

此心安处 / 124

狸首之斑然 / 128

山坡羊 / 132

一握手 / 136

道理最大 / 140

叫小番 / 144

不是鱼 / 148

我便休 / 153

良辰美景 / 157

一朝风月 / 161

仁远乎哉 / 165

皇帝的澡盆 / 169

江上数峰青 / 174

良相与良医 / 179

难忘的春游 / 185

他们的帽子 / 190

竹子的声音 / 195

后　记 / 200

观自在

赵州茶

冠以赵州而天下闻名者,其物有二:一为赵州桥,二为赵州茶。

说起赵州桥,虽是当今世界上现存第二早(另有一座为小商桥)、保存最完整的古代单孔敞肩石拱桥,且开创了中国桥梁建造的崭新局面,但其扬名,却是源于河北地区民间歌舞小戏《小放牛》。这《小放牛》主要说的是村姑向牧童问路,俏皮的牧童故意留难的对答情景。其中有一段专门唱到了赵州桥:"赵州桥来什么人修?玉石的栏杆什么人留?什么人骑驴桥上走?什么人推车压了一趟沟?赵州桥来鲁班爷爷修,玉石的栏杆圣人留,张果老骑驴桥上走,柴王爷推车压了一趟沟。"后来,这《小放牛》又成为昆曲中的《吹腔》曲牌,成为京剧的一出传统剧目,以及笛子独奏家陆春龄等演奏的南方曲笛代表性曲目……在全球华人中都产生了广泛的影响。

实际上，这赵州桥本为隋代李春设计建造，所以，那村姑关于"赵州桥来鲁班爷爷修"的答案当然是错的！但是，因着牧童和村姑懵懵懂懂的小儿女情怀，因着他们对于古圣先贤的虔敬思慕，因着他们天清地宁的纯真喜乐，多少人心知肚明却仍是将错就错地对唱着、问答着——人间就是有这样的错误，因为美丽，也就并不再被深究：到底是归人，还是过客？

至于赵州茶，确是值得深究的。《五灯会元》载：赵州从谂禅师问新到的和尚："曾到此间么？"和尚说："曾到。"赵州说："吃茶去。"对另一个新来的和尚也作此问时，那和尚却说："不曾到。"赵州仍说："吃茶去。"院主听到后问："为甚曾到也云吃茶去，不曾到也云吃茶去？"赵州呼院主，院主应诺。赵州说："吃茶去。"

这赵州茶，到底是什么劳什子？我年轻的时候，不懂茶，却爱读《禅宗公案》和《金刚经》，曾强作解人，写过一首《茶》诗，里面说："一只茶杯／带来一条河对茶香的穿越／带来春天的午后／滚烫、浓酽的片刻沉默"，"被舌尖抵在上颚的岁月／渐渐地由苦涩／转为甘甜。生活总是有它自己的逻辑／多年前，你远离／多年以后你看见自己／还站在原地"。当时就想，用上面的句子来说赵州茶，行是不行？比如，不管那新来的和尚是回答"曾到"还是"不曾到"，这和尚对于"到"或"不到"的一答，都执着于"我"和"我"的"过去"了。又，不管那被呼的院主是应诺还是不应诺，他这一答，又都执着于"我"和"我"的"现在"了。他们，

观自在

岂不都是违了《金刚经》上"过去心不可得,现在心不可得,未来心不可得"之语?所以,我且"站在原地"。

多年以后,看到当代赵州柏林寺住持、临济宗第四十五代传人明海大和尚说"茶之六度":"遇水舍己,而成茶饮,是为布施;叶蕴茶香,犹如戒香,是为持戒;忍蒸炒酵,受挤压揉,是为忍辱;除懒去惰,醒神益思,是为精进;和敬清寂,茶味一如,是为禅定;行方便法,济人无数,是为智慧。"这位与我同年的禅师有如此见地,也果然是让人欢喜赞叹的21世纪版的赵州茶!记得有一年,我陪客人,曾作《在龙洞庵吃茶》:"一天的云影是茶香/一山的鸟鸣是茶香/一晌的澹定是茶香/此刻/茶 在哪里/杯 又在哪里?"对于真正的禅者而言,既然茶是六度万行,再想用心地端杯细品,又哪里有这样的杯子?又哪里有这样的茶?又,何物不是茶?

参加工作的29年间,我已换了6个单位。每每到一个新单位,也如端起一杯新茶,那偶尔的恍兮忽兮、不知身在何处之感,恰似杯上的袅袅茶烟。忽想起湖北恩施土家族民歌《六碗茶》来,这情歌说的是一个帅小伙到一个美丽的女子家去,女子按照礼节给男子倒了一碗茶。帅小伙却一边喝茶一边"套瓷",从人家的爷爷奶奶、爸爸妈妈开始,直到把女子所有的兄弟姐妹都问了一遍,到第六碗茶时两人对唱道:"喝你六碗茶呀问你六句话,面前的这个妹子儿噻今年有多大?你喝茶就喝茶呀哪来咧多话,面前的这个妹子儿噻今年一十八。"这个妹子整十八啊,正是出嫁的好年华!原来,每一杯茶都是最好的!又原来,所谓的禅茶一味,不过是孔老夫子所言:"《诗》三百,一言以蔽之,曰:思无邪。"

有时候又想,那赵州从谂禅师只管让人"吃茶去",就一定是对的吗?要我说呀,当然是错的!比如,那不知机的法师,喝了茶也是糊涂茶。那已悟道的,又何必端起茶来头上安头?但是,这赵州老和尚错得如此不改初心如此苦口婆心,岂不正如那《小放牛》中的"赵州桥来什么人修"?但有换你心为我心、始知相忆深的快乐,又怎么能深究这一切,到底是错误,还是正确?

观自在

云门饼

2005年,中国科学院地质与地球物理研究所的科学家到黄河上游、青海省民和县喇家村进行地质考察时,在一处河滩地下3米处,发现了一只倒扣的碗,碗中装有黄色的面条。按汉末刘熙《释名》所述,"饼,并也,溲面使合并也",即用水将面粉和在一起所做出的食品均称之为"饼",故面条又称水溲面、煮饼、汤饼等。于是,国人食"饼",就至少有二千多年的历史了。当然,现代意义上的饼,开始被称作"胡饼",传说是汉代班超出使西域时传入,所以最早关于今日所称"饼"的文字记载见于《太平御览》中《续汉书》,说是"灵帝好胡饼"。

到了唐代,这胡饼早已如王谢堂前燕,飞入了寻常百姓家,直至成为方外之人的美食。《碧岩录》载云门文偃禅师的一则公案:僧问:"如何是超佛越祖之谈?"师云:"胡饼。"进云:"这里有甚么交涉？"师云："灼然有甚么交涉？"云门文偃禅师是岭南佛教史上仅次于惠能的一代宗师，其创立的云门宗，正是禅宗史上"一花五叶"之一。而且，较之六祖的"獦獠"形象，那云门禅师"性豪爽，骨面丰颊，精锐绝伦，目纤长，瞳子如点漆，眉秀近睫，视物凝远"，确是个玉树临风的俊俏和尚。这俊俏和尚的言谈，多有好玩之语。比如，这俏和尚有一天把手放进木狮子的嘴里，大喊："咬杀我也，相救！"比如，僧问他："如何是佛法大意？"他说："春来草自青。"又比如，他上得法堂之后直接开示："除却著衣吃饭，屙屎送尿，更有什么事？无端起得如许多般妄想作什么？"

孔子68岁那年，有个叫孺悲的人上门拜访，想求见孔子有所请益。孔子对学生说："你告诉他，老师有病了，今天不能见客。"可传话的学生刚出门，孔子便取来琴瑟边弹边唱，故意让孺悲听到。关于这个故事，有人说，孺悲这人一定是得罪了孔子，所以孔子以身体有病来拒绝他，但又要让他知道有病是假，让他反省错误才是真！这就是孟子所说的"不言之教"吧？！但南怀瑾先生认为，孔子行"不言之教"虽真，但却不是为让孺悲反省错误，反而是因材施教向其传道。这恰如黄庭坚向晦堂禅师学禅，问老师有没有什么便利的方法？晦堂就问他："念过《论语》没有？"他答："念过。"晦堂禅师说："《论语》中有'二三子，以我为隐乎？吾无隐乎尔。'懂这意思不？"黄庭坚茫然无所知。又一天，黄庭坚站在老师的旁边，晦堂突然就径自往山门外走去。正是秋天，一路桂花开，黄庭坚紧走慢赶，跟在晦堂身后。禅师走了一阵，回过头问："闻到桂花香没？"黄庭坚答道："闻到了。"这时晦堂就瞪着眼睛再一次告诉他："二三子，吾无隐乎尔。"据说，黄庭坚因此恍然有所悟而入了道。

同样，文偃禅师回答僧人"如何是超佛越祖之谈"的提问时，也答："胡饼。"那僧人不明白，进一步问："这有什么说法没有？"文偃禅师告诉他："这都已经清清楚楚了，还要什么说法？"后来，文偃禅师在法堂上又一次提到胡饼。他先说一句："闻声悟道，见色明心。"这是告诉大家：当年，香岩智闲禅师和灵云志勤禅师分别因为耳闻击竹之声和眼见桃花之色，各自悟道。接着举起手，说："观世音菩萨，给我钱买胡饼。"又放下手，说，"原来只是馒头。"禅师的意思是，他不识货买错东西了？要我说，他当然不是买错东西了！你想，虽然这"胡饼"也姓"胡"，中土禅宗初祖达摩这老"胡僧"也姓"胡"，但饼与馒头俱是充饥物，糊里糊涂就掺和个老胡僧的"胡"字进来，分别出个张三李四来是何道理？所以，禅门中人把这"胡饼"叫作"云门饼"，都是多余！

不过，从典籍上看，这"胡饼"之"胡"也做"糊"字。但早期的"胡饼"与"糊饼"，应该是同一之物，均指传统意义上的"饼"。到了后世才开始不同，这"糊饼"在"胡饼"的基础上改良发展，成为老北京的地方名吃：由韭菜、玉米面、鸡蛋、虾皮为主要原料，烙后油煎而成，国人号称是中式比萨。不知道意大利人若吃了这老北京"糊饼"后，会不会真的把它叫作"秦比萨""唐比萨"或者"中国比萨"？

其实，在中国历史上，因吃胡饼而大大有名的，除了汉灵帝和云门文偃禅师之外，还有一位著名书法家王羲之。当年，郗太傅安排自己的门人弟子前往王家挑女婿，王家的小伙子们都表现得中规中矩，可圈可点。独有王羲之神色自若，坦腹东床，还一边毫不在意地吃着东西，据《晋书》载，此君当时吃的，正是胡饼。因了这胡饼，于是，郄太傅高高兴兴地把女儿嫁给了他。

观自在

一苇渡江

达摩老祖来中土,一苇渡江,即乘木于水,正是风行水上之象,恰好应了六十四卦中第五十九卦的"涣"卦。《说文解字》释"涣"字:"涣,流散也。"《易经·序卦传》云:"涣者,离也。"古今中外成就大事者,免不了都要准备一段颠沛流离的人生吧?

贵为南天竺国王子,他完全可以有另外一种生活:倚红偎翠、玉食锦衣,或者安邦定国、武功文治……这些普通人梦寐以求的功名富贵,于他而言,好像抵不上一领袈裟一只钵盂,抵不上晓行夜宿风霜雪雨。他漂洋过海,他横渡长江,他被人误解,他被人下毒,他和一面石壁对坐直到把自己坐成一块石头,他起身,他把自己的影子留在山壁上告诉后人:他,已经离开;他,永远都在。

人生苦短,一个永远都在的人,一定是,已经离开的人。

事实上,无论怎么样平凡的一个人,每时、每地,本来就都处在离散和告别之中！《庄子》里面，记录了孔子对颜回说的一句话："交臂非故。"——就那么擦肩而过的一个瞬间，你，已经不是原来的你；我，也已经不是原来的我。我们不断地和时间告别，和空间告别，和亲人告别，和自己告别，和陌生人告别，和刹那以前的那个世界告别。我们在岁月的江水之上，把多少走过的地方和经过的时光，都当成了脚下渡我们的芦苇啊。

在与孔子同时代的古希腊，大约比孔子小六十一岁、被黑格尔称为"辩证法创始人"的著名哲学家芝诺提出：阿喀琉斯永远追不上前方 100 米处的乌龟。阿喀琉斯是古希腊神话中最善跑的英雄，而乌龟的速度众所周知。据说，千百年来多少数学家、哲学家都围绕这个芝诺悖论做过太多研究，直到量子力学的出现才算解决了这个问题。那么，相距 100 米的阿喀琉斯和乌龟，与十几秒之后在另一地点瞬间并行的阿喀琉斯和乌龟，还是同一个阿喀琉斯和乌龟吗？想来，那个说出"人不能两次踏进同一条河流"的古希腊哲学家赫拉克利特，如果面对后辈芝诺的这一命题，当有以示嘉许的会心一笑吧？

有一年，我去南京开会。车过长江二桥，突然想到：彼时、彼岸的我，若回望此时、此岸的我，应该说点什么呢？"过长江，留下一江的空阔／几叶闲舟摆渡六朝／混沌的江水，越发落寞／／凭车窗远眺／转瞬即逝的风和岁月／扑面而来。燕子和野花扑面而来！／过长江，问擦肩而过的落日／姓谢？姓王？／／几棵远树绿在天际／几行漫不经心的无名诗句／在牵引着长江，浩渺的水系／过长江！不说江东／不说江西／也不说楚歌声里那孤独的项羽／

过长江,且看心中的芦苇萧然而立／尽是些白衣飘飘、复国的子弟——／／这时速120公里的身体里面／早已山河破碎呵／过长江,长江过我／是哪一年的沧桑／已在汽笛声里,被悄悄地缝合。"

上巽下坎,是为风水"涣"卦。其卦辞和象辞里,都强调了:利涉大川。其象辞曰:风行水上,"涣"。综合卦辞、象辞和象辞的内容,此卦把救散治乱、推行教化的意思说得非常明白。所以,这一苇渡江,也可以说是一次由达摩老祖出演的印度禅宗中国化的行为艺术。

但是对我而言,把长江与教育联系起来的,是电影《渡江侦察记》。在我的童年、在我的少年,英俊的李连长让我对解放军、对侦察兵、对长大,充满了多少懵懵懂懂的憧憬啊!而美丽的刘队长,让我思慕,让我眷恋,让我莫名其妙地脸红和慌乱了……特别喜欢李连长和刘队长相认的那场戏:在八年的战火纷飞后面,当年的侦察员、如今的侦察兵李连长,隐隐约约地认出眼前的刘队长,正是当年冒着生命危险救过自己的刘四姐。这时刘四姐急切地问:"你就是那个同志?"这时李连长也如梦方醒且问且答:"你就是那个小姑娘?"这时音乐响起,两位战友四手相握……特别喜欢这样一个细节:刘四姐摘了一把山里红,放在李连长的办公桌上……特别喜欢最后胜利的那一刻,李连长对刘队长说:"四姐,用不了多久,我们就会再见面的。"刘队长握了李连长的手,含着眼泪说:"不管时间长短,我一定会,等着你回来……"喜欢他们说话时的表情,喜欢他们不知什么时候,李连长改口叫了四姐……

一苇渡江之后，达摩面壁九年。这九年间，他太多的时间是用来沉默和冥想的。还有些时间，他在等人，在等他的缘分。在苍茫的人世上，永远有着太多的江河湖海在等着我们渡过啊，也永远有着另外一个我，在等，在等着那个风雨兼程、一天天改变了的我。

也知道，在前方，还会有一个人，她在那里，她等你，她用只有你能看得懂的眼神告诉你说：不管时间长短，我一定会，等着你回来……

观自在

频呼小玉

唐传奇中的代表之作《霍小玉传》写的是男人。

男人的怯懦、猥琐、无情，男人的自私、妥协、薄幸……不用放在生死关头，也许仅仅是一些家庭的压力、社会的舆论或眼前的小利，就可能会让昔日的海誓山盟土崩瓦解冰消雪化！

同样，身为歌女的霍小玉，也被写得像个真正意义上的男人：勇敢，果决，知所进退、知所行止，以德报德、以直报怨。

所以，释迦牟尼佛的《涅槃经》中有一段话："若有不能知佛性者，我说是等名为女人。若能自知有佛性者，我说是人为丈夫相。若有女人能知自身定有佛性，当知是等即为男子。"佛说得很明白，是不是大丈夫，不在于你是男身还是女身，而在于你自己——是不是能够真的认清自己，承担自己。《五灯会元》第四卷载：金华山有个俱胝和尚，刚到庙里修行时，接待过一个法名"实际"的尼师。那尼师头戴斗笠、手执锡杖,围绕俱胝和尚转了三圈,说:"法师若说出开悟的道理,我就除下斗笠(以示尊敬)。"说了三遍,俱胝和尚都无话可说。这尼师回头就走,俱胝和尚客气道:"天已晚了,庙子旁边有个知客寮可以供你休息。"尼师说:"法师若说出开悟的道理,即住。"俱胝和尚又是无言以对。待尼师走后,俱胝和尚非常惭愧地自省道:"我虽处丈夫之形,而无丈夫之气。不如弃庵往诸方,参寻知识去。"

中国文化的妙处正在这里!即使是印度的种子,洒在这片土地上,也必定会长出华夏的枝叶,结出华夏的花果。

事实上,和释迦牟尼佛基本同时期的中国"亚圣"孟子早已说得更加开阔更加激越:"居天下之广居,立天下之正位,行天下之大道;得志与民由之,不得志独行其道;富贵不能淫,贫贱不能移,威武不能屈:此之谓大丈夫。"

当代国学大师南怀瑾先生认为,因了这《霍小玉传》的生发,唐人作过一首香艳之诗:"一段风光画不成,洞房深处恼予情。频呼小玉元无事,只要檀郎认得声。"当李生与小玉燕好之初,小玉在房中不断地招呼丫头这样那样,只是要提醒着心上的那个人:我,在这里!

我,在这里呀!而宋代的圆悟克勤禅师,正在法演禅师那里随侍。一日,一位姓陈的官员向法演禅师请教:"达摩祖师由西而来,他的初心是何意?"法演回答说:"你少年时代可曾读过一首艳诗?'一段风光画不成,洞房深处恼予情。频呼小玉元无事,只要檀郎认得声。'后面这两句,就是祖师西来意。"这官员听了,于言

观自在

下有所领悟，即满意而归。圆悟克勤问："师父引用那首艳诗，那位官员理解了没有？"法演回答说："他识得声。""他既然识得声，却为什么不能见道呢？"法演知他开悟的机缘已经成熟，便大喝一声："什么是祖师西来意？庭前柏树子吗？"克勤当下开悟，跑出方丈室外，恰见一只公鸡飞上栏杆引颈高啼，笑道："这岂不是'只要檀郎认得声'的'声音'！"于是写成一偈：金鸭香炉锦绣帷，笙歌丛里醉扶归。少年一段风流事，只许佳人独自知。

原来，那小玉的呼唤声不过是船，那身为众生的檀郎，必借这船才能渡到彼岸；又原来，众生本自俱足的佛性，亦如"少年一段风流事"，也只有那心中有佛却又没有挂碍之人，方能自知自证。

禅宗的祖师们强调："佛说一切法，为度一切心；若无一切心，何用一切法。"若真悟了，连声音也是多余！所以，当年，那俱胝和尚正准备下山四方参学之时，恰巧庙里来了一位天龙和尚。天龙见他神思恍惚、意欲离山，忙问何故。俱胝便把实际尼师来庙里的机锋应对情况，从头到尾讲了一遍。天龙听罢，默然无语，只是竖起了一根指头。俱胝见状，忽地大悟。此后，只要有人问俱胝佛法，他就微笑着竖起一指。

这世界，气象万千；这世界，理事圆融。被小玉频呼的人，现在哪里？频呼过小玉的人，现在哪里？那位法名"实际"的尼师，会在哪个寺院除下斗笠？那位姓陈的官员，有没有忘记小玉的声音？

某个黄昏，我和我的漂亮表妹在街头的咖啡馆里说话。她，跟我谈她英俊的男友，旁边是陈奕迅在唱歌：你会不会忽然的出现／

在街角的咖啡店／我会带着笑脸 挥手寒暄／和你 坐着聊聊天／我多么想和你见一面／看看你最近改变／不再去说从前 只是寒暄／对你说一句 只是说一句／好久不见……

　　临走的时候,表妹突然告诉我:刚发现,你,和他长得有点像!

观自在

桃花庵主

横塘这两个字,看着就有诗意。一个"横"字,有横平竖直的端庄;一个"塘"字,有清清浅浅的灵动。合在一起,既大方,又俏皮,让人心里欢喜。再加上贺铸的《青玉案·凌波不过横塘路》:"凌波不过横塘路。但目送、芳尘去。锦瑟华年谁与度。月桥花院,琐窗朱户。只有春知处。 飞云冉冉蘅皋暮。彩笔新题断肠句。若问闲愁都几许?一川烟草,满城风絮。梅子黄时雨。"真是情景交融,风情万种!在这横塘附近选个墓地,想来,当不负唐伯虎"江南第一风流才子"的自诩吧?

16岁,参加秀才考试,第一名,轰动苏州城。

28岁,参加举人考试,第一名,名震江南士林。

有些人,好像就是为了被人关注而生的。东汉末年,有个姓孔的孩子,十岁那年听说司隶校尉(约等于当时的首都、即洛阳市纪委书记）李膺名气又大，学问又好，天下英才都愿与之结交而相互启发，不觉心向往之，就跑到人家门前，对守门的官吏说："我是李膺的亲戚。"通报了以后，宾主落座。李膺问："孩子，你和我有什么亲戚关系？"这孩子说："从前我的祖先孔子曾经向您的祖先老子学习周礼，所以我和您是世交。"一时之间，李书记和他家中的其他宾客无不惊叹！太中大夫（约等于宣传文化部门一名厅级干部）陈韪后来才到，别人就把这孩子说的话告诉给他听，陈巡视员说："小时了了，大未必佳。"这孩子答："想君小时，必当了了。"——这孩子叫孔融，他四岁时让梨的故事，天下皆知，千古流传。

唐伯虎也是。但是，不管是考秀才还是考举人，都没有他考进士更让人关注。因为，在那场大显身手的考试之后，他的成绩虽然名列前茅，却被人诬为科考舞弊而身陷牢狱。

很多清白是解释不清的。所以，干脆也别解释！朝廷又安慰性地给了个小官，咱不做了；老婆以为名士丈夫真的科考舞弊了要走，咱不留了；夏天去了秋天去了冬天去了，咱不管了……然后，春天就来了。

桃花就朵朵开了！大俗大艳的花，都有一种不管不顾的决心，像一群莽撞的乡村少年，呼啦啦一下子就都围了上来，你刚被吓了一跳，再看到他们眼里的清澈，才知道，人家是争先恐后地想为你带路呢！桃花带路，一直带到桃花坞——"桃花坞里桃花庵，桃花庵下桃花仙。桃花仙人种桃树，又摘桃花换酒钱。酒醒只在花前坐，酒醉还来花下眠。半醉半醒日复日，花落花开年复年。但愿老

观自在

死花酒间,不愿鞠躬车马前……"

写《桃花庵歌》时的唐伯虎,有着灿若桃花的快乐。他本少年得志,却 24 岁时父亲去世,紧接着,母亲、妻子、儿子、妹妹相继在两年内离世,家境也逐渐衰落。28 岁时,在朋友的资助下得以参加举人考试并且名列榜首,却在 29 岁时因科考舞弊案身陷牢狱。回家后,他的第二任妻子又离开了他。直到 35 岁以后,他结识了他一生的红颜知己,也是他的第三任妻子、出身官妓的沈九娘,有了自己的桃花庵别业。那些日子,他以丹青自娱,以卖文鬻画为生,并且以诗《言志》:"不炼金丹不坐禅,不为商贾不耕田。闲来写就丹青卖,不使人间造孽钱。"因为快乐,他不怕羞、不怕丑,他为自己起了一个又香又艳又有点神秘的名字:桃花庵主。

他也知道:一切,都不长久,而且,这不长久反而是长久的。他读《金刚经》,突然就对着著名的四句偈有了莫名的感动:"一切有为法,如梦幻泡影,如露亦如电,应作如是观。"是的,如梦,如幻,如泡,如影,如露,如电,如果还是放不下,就把这六个"如",都放在自己"六如居士"的别号里吧。

他一生写过四百多首诗,多用口语,也多机智。有一首《登山诗》:"一上一上又一上,一上直到高山上。举头红日白云低,四海五湖皆一望。"当时念了,只觉可亲可喜。忽想起杜甫《望岳》诗中"会当凌绝顶,一览众山小"句,更感动于两个诗人在千载之下的心心相印。再后来,学了点《易经》的皮毛后,又想到:这"举头红日白云低,四海五湖皆一望",岂不正是个上"火"下"水"的"未济"卦?这"会当凌绝顶,一览众山小",岂不正是个上

"天"下"山"的"遁"卦？一切，都要从头开始。路难行啊！古往今来，总是诗人不易！

诗人不易，百姓善良。他们把对唐伯虎的所有敬佩所有关心所有喜爱，浓缩成：传说中，一个名叫秋香的姑娘。

观自在

寒　窑

　　窑洞之所从来，历时久矣！据考证，作为中国西北黄土高原上居民的古老居住形式，"穴居式"民居的历史可以追溯到四千多年前。古代先民们巧妙地利用高原的有利地形，凿洞而居，创造了这种绿色环保的窑洞建筑。窑洞的种类，一般有靠崖式、下沉式、独立式等形式，其中靠山窑应用较多。但是不管是何种窑洞，其共同特点都是：冬暖夏凉。所以，若有一窑冠之以"寒"字，那恐怕就不是指窑的问题，而是指住窑之人的问题了。

　　而，"寒窑"之所从来，大约也有一千多年的历史了。传说，唐末相国之女王宝钏爱上了穷小子薛平贵，经抛绣球招亲得配夫妻，为此也断了父女之情。后，薛平贵从军远征，王宝钏苦守武家坡寒窑十八年，最终守得丈夫富贵还乡、夫妻团圆。想那王宝钏，整整十八年间在窑洞之中苦守一个"寒"字……这个"寒"，当指王宝钏在这一十八年间的清寒、贫寒和心中的苦寒了。于是,"寒窑·故事"与牛郎织女、孟姜女、梁山伯与祝英台、白蛇传等一起,共同组成了迄今为止流传最为广泛、影响最大的五大中国民间爱情神话传说,作为中国民间文化的重要组成部分,对中国人的传统爱情观产生着深刻的影响。2012年,"寒窑·故事",被列为陕西省非物质文化遗产代表项目。

说起来,故事的情节并不复杂,但故事里传达出来的"专注"或者说是"坚持"却至为难得,也因此,得到了二十多种地方戏曲的歌颂传扬,其影响甚至远及东亚和西欧。记得钱钟书先生在他的《写在人生边上》里说:"洗一个澡,看一朵花,吃一顿饭,假使你觉得快活,并非全因澡洗得干净,花开得好,或者食物符合你的口味,主要是因为你心上没有挂碍,轻松的灵魂可以专注肉体的感觉,以此来欣赏,来审定。"照我来看,反之亦然!专注的灵魂,应该同样也可以忽略肉体的种种感受。比如你心中若是有了挂碍,且你的心心念念,皆是这个挂碍,那么不管是一个人也好,不管是一件事也好,哪怕不管是一个"寒"字也好,对你而言,那都自有一种笃定安然。只是——这笃定安然,让人看了未免太过心疼!却说那京剧《武家坡》中,夫妻二人在寒窑前相认时,王宝钏以"西皮摇板"问:"儿夫哪有五绺髯?"薛平贵应之以"西皮快板"道:"少年子弟江湖老,红粉佳人两鬓斑。三姐不信菱花看,不像当年彩楼前。"王宝钏反问:"寒窑内哪有菱花镜?"薛平贵念白:"水盆里面。"于是,王宝钏边看边唱边叹:"水盆里面照容颜。老了老了真老了,十八年老了王宝钏。"十八年啊!谁家的女儿谁家的姐妹谁家的妻子，从这十八年的后面走出来，站到了一个人的寒窑前面，不让人心疼呢？

又岂止是让人感觉心疼？当地的老百姓们，因了这爱情的忠贞和坚守的赤诚，还为王宝钏修建了祠堂，把王宝钏和薛平贵的塑像和佛像、菩萨像以及《西游记》故事里唐僧师徒的塑像等等，都一起供奉起来，共同祭祀。1924年，高维岳游览寒窑时曾题长联两副，其一曰"富贵不能淫贫贱不能移威武不能屈谁料丈夫出巾帼　稗官彰其事妇孺彰其名庙貌彰其节从知贞妇即神仙"。1935年，杨虎城将军之母孙一莲老人又捐资对寒窑进行了扩建，为王、薛二人修了一座"团圆阁"。现在，这"寒窑·故事"的发生地，还建立了中国第一个爱情主题公园——寒窑遗址公园。

真要就"寒窑·故事"说爱情，其实，也只是那个王宝钏让人爱让人怜让人敬佩让人赞叹，让人惭愧于一个女性因了爱情而在身上充盈着的大丈夫气！相比之下，那薛平贵的所作所为，反是让人看了有点"小气"有点"纠结"有点不那么"地道"：他在西凉国娶了代战公主，已是有负于人。结果，他回家后，毫无愧疚之意，反因为"是烈女不该出绣房，因何来在大道旁"对自己的妻子产生疑问。要我说，这疑问，看起来是薛平贵针对王宝钏的，其实是源自薛平贵对于自己的所作所为所产生的对于爱情的不信任！所以，十八年后，他假作一个陌生人来调戏自己的妻子时，用的也是这样的语句："腰中取出了银一锭，将银放在地平川。这锭银，三两三，送与大嫂做养食。买绫罗，做衣衫，打首饰，置簪环，我与你少年的夫妻就过几年。"果然是"好一个贞节王宝钏"呵，看人家回答得多好:"这锭银子奴不要,与你娘做一个安家钱。买白布,做白衫,买白纸,糊白幡,打首饰,做装殓,落得个孝子的名儿在那天下传。"一座寒窑,那门内门外好像是抬脚就到,可是这中间的距离,远得很呢!

《五灯会元》卷十五《韶州云门山光泰院文偃禅师》记载:以己事未明,往参睦州。州才见来,便闭却门。师乃扣门,州曰:"谁?"师曰:"某甲。"州曰:"作甚么?"师曰:"己事未明,乞师指示。"州开门,一见便闭却。师如是连三日扣门,至第三日,州开门,师乃拶入,州便擒住曰:"道!道!"师拟议,州便推出曰:"秦时𨍏轹钻。"遂掩门,损师一足。师从此悟入。

云门文偃禅师前往睦州和尚那里去参学。两次叩门,得其门却不得而入。到了第三天,他第三次叩门时,不管睦州和尚愿意不愿意,侧着身子向里钻,哪怕是一只脚都被门挤压伤了也不管不顾,却听得一句开示,从此悟入。这云门文偃禅师,较那薛平贵,多了一份通透;这睦州和尚,较那王宝钏,更多了几分峻烈。爱,固然是等待和坚守,其实更需要智慧和力量。说到底,弘法是佛门的家务事,团圆是凡人的家务事!

就在这窑洞之中,把家务事说开去,还可以说成天下事的。比如,闽西革命根据地的主要创始人之一、无产阶级革命家张鼎丞就在《整风在延安中央党校》一文中说:"延安的窑洞是最革命的,延安的窑洞有马列主义,延安的窑洞能指挥全国抗日斗争。"

观自在

风乍起

风乍起,是风的意思。春水皱,是水的意思。这风含情、水含笑,可不就是两情相悦吗?看来,风,和水,他们都是道家。他,和她,都知道天地有大美却不言的道理。

这道理,老百姓也明白,网友们总结说:"秀恩爱,死得快。"

药山惟俨禅师去湖南的石头希迁禅师那里参学。石头说:"恁么也不得,不恁么也不得,恁么不恁么总不得。"药山听了,不明觉厉。石头和尚见他不懂,就告诉他:"你的法缘不在我这里,你到江西马祖道一禅师那里去参学吧。"药山就去了马祖那里,把在石头处求法的过程讲了一遍。马祖一听,指着自己的脸说:"我有时让它扬眉瞬目,有时不让它扬眉瞬目;有时扬眉瞬目是,有时扬眉瞬目又不是。你,怎么样?"药山豁然大悟。

《易经·系辞上》载:"子曰:书不尽言,言不尽意。"语言总是不能把心中的意思完全表达出来，文字总是不能把语言的内涵完全表达出来，这些，禅师们本色当行，道："不可说不可说，一说即错。"

不过，人若问："一说即错"这句话说出来时，是错？是不错？这个问题，你怎么答？

五代时南唐的词人冯延巳说：："这个问题，我来答！"老冯《谒金门》词中有句"风乍起，吹皱一池春水"，写闺中之人春日思夫。南唐中主李璟笑问："吹皱一池春水，干卿底事？"风吹皱一池春水，关你何事？老冯答："未若陛下'小楼吹彻玉笙寒'也。"赶不上陛下您的"小楼吹彻玉笙寒"呀——虽然是境由心造，却都是心随物转，您这一问，问从何来呢？

李璟身为太子时，冯延巳已经是他的大秘，所以，这一问一答，与其说是君臣之间的对话，不如说是两个诗人两个朋友之间幽默的相互点赞。而这幽默中，确是把风和水所象征的人和人之间表达与理解的关系，更加艺术地突显了出来。

晚清时，湖南名士王闿运学富五车，志向高远，二十四岁即中举人。后，赴京考进士，虽然名落孙山，却得到了当时权臣肃顺的激赏，肃顺主动提出和王闿运结为异姓兄弟，并想出资为其捐官。其时，已名动京华的王名士当然不干！但是，他毕竟是有理想的人。于是，跑到曾国藩那里去，想要有所作为。据杨钧《草堂之灵》说，小王在年长自己二十多岁的老曾处侃侃而谈，大有周公瑾"羽扇纶巾，谈笑间，樯橹灰飞烟灭"的胸襟抱负和谋略气度，看那老曾，却也认真聆听，且不时伏案而记。小王暗喜，更加口若悬河,指点江山。恰巧,老曾因遇急事离开房间片刻,那小王高高兴兴地走到案前看看老曾都把他的哪些高见记录下来。结果,他看到了满纸写的都是荒谬的"谬"字!

又过了几年,王名士终于如愿到曾大帅帐下做了一名幕僚。某月,太平天国的大军以较大的数量优势欲合围曾国藩所部,形势非常危急。是留,还是溜?生死攸关之际,曾大帅的幕僚们都各种考虑,各种顾忌。这天,老曾踱到小王的宿舍想要商量些军机大事,却见小王房门大开,背身而坐,面前桌案上摆着一本摊开的《汉书》。老曾脚步轻,小王浑然不知老曾站在身后,只定定地发呆,半个时辰也不曾翻得一页。于是,老曾悄悄回房。不数日,即备下厚礼,恭送小王离开大营。

这一"记"一"送",风生水起,足见老曾的成功,绝非偶然和幸致!

民国时期,一生没有出版任何著作,却被海内外公认为国学大师的黄侃,青年时也曾拜访过晚年的王闿运。彼时,王老名士已是当时负有盛名的文坛领袖了,他对黄侃的诗文拍案叫好,诚心诚意地表扬道:"你年方弱冠就已文采斐然,我那犬子与你年纪相当,却还一窍不通,真是愚钝之犬啊!"黄侃听罢美言,不仅毫不领情,兼且狂性大发道:"您老先生尚且不通,更何况您儿子!"

黄侃学问极好,同时又辩才无碍。与胡适同在北大讲学期间,有一次大家在一起喝酒,胡适恰好谈到墨子之学。黄侃说:"现在讲墨学的人,都是些混账王八!"胡适是君子,赧然无对。黄侃得寸进尺,直接开骂道:"便是你胡适之的父亲,也是混账王八。"

胡适大怒。黄侃却大笑道："且息怒，我在试试你。墨子兼爱，是无父也。你今有父，何足以谈论墨学？我不是骂你，不过聊试之耳！"举座哗然。

有史家认为，黄侃为《大江报》撰写的《大乱者，救中国之妙药也》社论，是武昌起义的序曲。当年，黄侃也确是曾和黄兴一起浴血革命的战友。但是，他自从到大学任教授后，在学生面前，绝口不提年轻时的革命往事。直到他去世后，他的学生、也是他的女婿潘重规才醒悟他为何杜口不言那些光荣历史。潘重规分析道："他认为出生入死，献身革命，乃国民天职。因此他觉得过去一切牺牲，没有丝毫值得骄傲；甚至革命成功以后，不能出民水火，还感到深重罪疚。他没有感觉到对革命的光荣，只感觉到对革命的惭愧。恐怕，这就是他终身不言革命往事的原因吧！"

《论语·颜渊》篇载：季康子问政于孔子曰："如杀无道，以就有道，何如？"孔子对曰："子为政，焉用杀？子欲善而民善矣。君子之德风，小人之德草，草上之风，必偃。"

一想到，每天吹拂我们的风代表着君子之德，我们就心静如水、寸草不生了。

观自在

相见欢

好时光是可以入药的：医你的相思，或医你越来越差的坏脾气。

清代著名词人纳兰性德贵为相国公子，深情蕴藉，文采风流，王国维《人间词话》评介他："以自然之眼观物，以自然之舌言情。此由初入中原，未染汉人风气，故能真切如此，北宋以来，一人而已！"这样一个贾宝玉款的"真切如此"之人，天生就有着异乎寻常的敏感，也有着倍加小心的珍惜，在他的心中，那些好时光又具体、又精致，比如"人生若只如初见"。

人生若只如初见？那该多么好啊！于是，果实回到了花朵，雨水回到了白云，少年的心思像口琴声一样单纯，而她，就站在苹果树下，乌黑的秀发有着月光一样的柔顺……如果，如果要用一个词牌来说说这些，那，应该就是"相见欢"了吧？

说起词牌"相见欢",本是唐代教坊曲名,开始,另有几个不同的称呼。但是,"乌夜啼"有点悲凉,"秋夜月"有点凄清,"上西楼"有点俗艳,唯这"相见欢",似透过嘴角的压抑不住的笑意,也容得下波澜起伏的人生中那些细雨鱼儿出的闲愁和气蒸云梦泽的忧伤。因为,单看这"相见欢"三个字,就有着人间烟火似的亲切。

五代十国时期的吴越王钱镠,回乡祭扫坟墓时,大宴家乡父老。为了表示尊老和没有忘本,八十岁以上的老者用金樽,百岁以上的老者则用玉樽。他亲自执杯敬酒,并高唱自己作词的《还乡歌》:"三节还乡兮挂锦衣,吴越一王驷马归。临安道上列旌旗,碧天明明兮爱日辉。父老远近来相随,家人乡眷兮会时稀。斗牛光起兮天无欺!"一曲歌毕,满座寂寂,唯见父老乡亲四顾茫然、不知所措——大家听不懂啊。老钱何等聪明,立刻改用家乡话高唱:"你辈见侬底欢喜,别是一般滋味子。永在我侬心子里!"歌声犹在耳际,大家已轰然叫好!这相见的欢喜,饱含着尘世的真情,自有一种阳春三月的温暖。《易经·乾·文言》里说:修辞立其诚。即便是衣锦还乡、带着些炫富炫贵的俗气,有了真性情、真情意,也让人可爱、可喜。

南唐后主李煜不俗。不俗的人容易高冷,他却也不高,也不冷。他有着浓烈如酒、艳如春花的情怀,也有着一江春水向东流的疼痛。因为自己的际遇,他懂得了无常,他让我们看到了"相见欢"的另一面。是的,正是那首《相见欢·林花谢了春红》,让我们的少年时代产生了多少"为赋新词强说愁"的冲动啊:"林花谢了春红,太匆匆。无奈朝来寒雨晚来风。 胭脂泪,相留醉,几时重?自是人生长恨水长东。"江山易主,风物长新,而自己仍要和林花相见,而清晨的冷雨仍要和傍晚的凉风相见,而胭脂和眼泪,而光阴和流水……这些相见,在国破家亡的大背景下,沉淀了多少已逝的欢乐,又激荡出多少眼前的哀愁?只能,无言独上西楼了,只能,看新月如钩、看寂寞梧桐深院锁清秋了。这剪不断、理还乱的离愁呵,别是一般滋味在心头。

佛教说人生有八苦,其中两苦正是"爱别离"和"怨憎会"。喜欢和深爱的总是别离,怨恨和憎恶的总是相聚,人世间有太多的不如意,无法回避又无法理喻,如果真的是因果、是宿命,或者,还能有些许地放下?如此,即令亲如父子夫妻也能不例外了。所以,千山大佛寺侧门对联书:夫妻是缘,有善缘有恶缘,无缘不聚;儿女是债,有欠债有还债,无债不来。这样,如果是缘,就在相聚的时候,好好地、善待对方;如果是债,就在返还的时候,妥妥地心安理得。这,也是每个人,和自己的过去,相见欢吧?

当年,和珅进呈《红楼梦》给乾隆御览,乾隆爷读后即说:"此盖为明珠家事作也。"这位明珠大学士,正是纳兰性德的老爸。纳兰性德,真是那个贾宝玉的原型吗?他为自己的亡妻写过一首词《蝶恋花·辛苦最怜天上月》:"辛苦最怜天上月,一昔如环,昔昔都成玦。若似月轮终皎洁,不辞冰雪为卿热。 无那尘缘容易绝,燕子依然,软踏帘钩说。唱罢秋坟愁未歇,春丛认取双栖蝶。"不消说,这词当然是极好的!而那句"若似月轮终皎洁,不辞冰雪为卿热",用典也是极好的!《世说新语》中,记一男子名荀奉倩,与妻子十分恩爱。寒冬腊月之时，妻子患病，浑身发热，他就到院子里让猎猎北风吹凉自己的身体，然后再回到屋中，用身体为妻子降温。可怜苍天无眼，后来，妻子还是香消玉殒。他，也因风寒而病，不多久便撒手人寰。纳兰性德想象着：如果日夜思念的亡妻就是天上的那一轮明月，自己一定也不怕月中的寒冷，夜夜为妻子送去温暖……三十一岁那年，纳兰性德终于离世，到月亮中会自己的亡妻去了。除了诗词和令名，他遗下三子四女，一女嫁与著名的猛将年羹尧。

而南唐后主李煜的爷爷，即南唐的开国之君、烈祖李昇，因史料记载不一，共有三个籍贯，其中之一，便是海州。千年以后，在海州，我们无缘相对而坐、把酒言欢了，就只有，"隔座闻歌人似玉"的轻愁……

观自在

好雪片片

爱雪!

雪,可以是月光的妹妹,可以是梅花的姐姐,可以是喜马拉雅山亘古不变的坚持,可以是清澈的河水流到了天上,洒向人间的那些像星星一样美丽的梦想……

雪,可以是当胸一掌!

唐代庞蕴,时人称之庞居士,被誉为达摩祖师到东土开立禅宗之后"白衣居士第一人",素有"东土维摩"之称。这位居士夫妻二人,育有一儿一女,一家四口共同习禅,他常自己声称:有男不婚,有女不嫁。大家团圆头,共说无生话。《碧岩录》载:庞居士曾参访当时的著名禅师药山和尚,二人相谈甚欢。辞别时,药山禅师让自己门下的十位禅客礼送一下。到了大门口,恰见雪花纷飞,庞居士指着空中的雪花忽有所感,道:"好雪片片,不落别处。"有位姓全的禅客就问:"落在什么地方?"庞居士对他当胸就是一掌。这位全禅客说:"你这居士!不能随便打人。"庞居士就说:"像你这样的都称作禅客,阎王老子可不会放过你!"全禅客大喊:"居士你干什么?"庞居士再打他一掌,说:"明明看到了,却像没看到;应该说出来的,却像哑巴一样!"

这位庞居士,到底在干什么?

是啊,他要干什么?一生中,原有很多事情,旁观时看得明白,当局者说不明白。二十出头的时候,曾和一位诗人朋友相约:每个冬季,下第一场雪那天,兄弟俩一定要约上三五好友围炉夜话,对雪小酌。那正是白衣飘飘的年代啊,当年,我们以诗歌为杯盏、以风发的意气为美酒,在纷纷扬扬的雪花中迎来过多少个微醺的春天……可是,连云港市的冬季并不是每年都落雪,而我们在日益喧嚣的城市和纷繁复杂的生活中,也并不是总能够在落雪的那一天从卑微里抽身而出。于是,那些温暖的约定也像雪一样,在时间中渐渐地消融,没有了痕迹。

当我在纸上,第一次面对着那场纷纷扬扬的雪花,面对着庞居士关于"好雪片片,不落别处"的感叹,面对着他对于全禅客苦口婆心的接连两掌,突然,在明白和不明白之间,就有了感动、有了感伤。突然间,更想起了宝玉出家后,在雪中拜别他父亲时的场景。那场雪,本来下得极简单,以至于《红楼梦》一书只用两句话就说完了:"那天乍寒,下雪。"其时,贾政在船中写家书,"写到宝玉的事,便停笔。抬头忽见船头上微微的雪影里面一个人,光着头,赤着脚,身上披着一领大红猩猩毡的斗篷,向贾政倒身下拜。"

这一下拜,立刻让庞居士的两掌,都有了庄敬!

这之前,宝玉科考后失踪。贾府派人四处寻找未果,有几个人已经猜到了宝玉出家。比如袭人,她"追想当年宝玉相待的情分,有时怄他,他便恼了,也有一种令人回心的好处。那温存体贴是不用说了。若怄急了他,便赌誓说做和尚。那知道今日却应了这句话!"说到底,恋爱亦如习禅:糊涂便是糊涂,明白便是明白,那些暧昧那些纠缠那些精打细算那些不知所措,害人害己,实在是二掌二十掌二百掌二千掌也救他不得!

有一年,我和一群朋友在雪地里走,在酒后。北风裹着雪花,像是情敌家里养的一样,不断地透过衣领往我的脖子里面钻,透过敞开的羽绒服往我胸前的毛衣里面钻。好像有点冷了!果然是:好雪片片,不落别处。刚有所感时,就有一位朋友让我停下,用纤纤玉手,为我的羽绒服系上了纽扣。她看到了"好雪片片,不落别处"?她看到了"青青翠竹,尽是法身"?也许,她只是以一颗善待世界善待他人的心,做一件理所当然的平凡小事而已。

世间的聪明人,往往不容易有深情。而庞居士又聪明又有深情,他是猴子请来的救兵吗?像极了望子成龙的父亲,培养自己的孩子一样,教育那个姓全的禅客。不过是让他对书时且看书,对雪时且看雪,安知那字里行间没有雪花飞舞?又安知那雪花飞舞之间没有直指人心的智慧?也想过,那庞老汉若是问我"好雪片片"句,我当如何?我呀,必定是默然无语,且上前去拍拍庞大士的老脸!

是的,我们可能已经负过很多人了,我们再不能负过一场雪!

紫金文库

我们再不能负过当胸一掌,再不能负过那细心系上的纽扣。我们在这尘世上走着,我们在这时光中走着,总会遇到一场雪,是落在生命里的一场雪。她们一片一片地落下来,落下来,不容你说"好",也不容你说"不好",且不落别处,也不落此处,她们,她们都只落在雪上。

观自在

声声慢

作为词牌,"声声慢"本来叫作"胜胜慢"。"胜、胜、慢"——美好,再美好,而且,要慢,要更慢……

但世间美好的人和事,无论怎么样地慢,都不容易永远。在宋朝,苏门四学士之一的晁补之,曾为自己心爱的歌女填过一首《胜胜慢·朱门深掩》:"朱门深掩,摆荡春风,无情镇欲轻飞。断肠如雪,撩乱去点人衣……灞岸行人多少,竞折柔枝。而今恨啼露叶,镇香街、抛掷因谁。又争可、妒郎夸春草,步步相随。"离别在即,他看到杨花似雪,恰若离愁,那灞水两岸折柳相送的人啊,多么羡慕河堤上的青青绿草,正是这些不声不响的春草,可以坚持相守,可以躲过离别,可以伴着远行的人步步相随!

晁补之是世家子弟,天才少年,在他十七岁的雨季那年,就以钱塘地区的山川风物为内容写成《七述》一书。时任杭州通判的苏轼，本也有相同的写作计划，读了《七述》之后慨然而叹："老夫我可以搁笔了！"小晁当下名重一时。但是，有才华的官二代，并不见得就会有如意的人生。果然，成年后的晁补之一生困窘，所以，也就更加喜欢填写长调慢曲。或者，这正应了唐代诗人卢纶所谓"有时轻弄和郎歌，慢处声迟情更多"的诗句？

真正让"胜胜慢"成为"声声慢"的，是那个"红了樱桃、绿了芭蕉"的词人蒋捷，他有一首名为《秋声》的词："黄花深巷，红叶低窗，凄凉一片秋声。豆雨声来，中间夹带风声。疏疏二十五点，丽谯门、不锁更声。故人远，问谁摇玉佩，檐底铃声。彩角声吹月堕，渐连营马动，四起笳声。闪烁邻灯，灯前尚有砧声。知他诉愁到晓，碎哝哝、多少蛩声。诉未了，把一半，分与雁声。"蒋捷生活在宋末元初，刚刚中了进士，南宋就被元朝灭了，只好隐居在太湖竹山一带。某个秋夜，忽听得外面雨声、风声、更鼓声、檐铃声、彩角声、笳声、砧声、虫声、雁声……国仇家恨，身世飘零，声声入耳，刻刻惊心。哪里还得"胜胜慢"啊，当然只能是"声声慢"！这生命中不可承受的轻或重，都只能由声音来担当了。

读《圣经·创世纪》知道：上帝创造世界，用的同样是"说"。从"上帝说，要有光，就有了光"开始，上帝连着"说"了六天，创造出天地万物，也包括了晚上和早晨。于是，"事就这样成了"。所以，对于一个基督徒而言，这世界，是在上帝的声音中创造出来的。声音的奇妙，真是有着神的意思在。

《妙法莲华经》里面也说，久远久远久远之前，有位威音王佛，他的名字正是源于他的声音特点：宣说佛法的声音既宏大威猛，又

观自在

有王者的雍容华贵。而且，古德相传，在威音王佛住世的时代以至更早，人类的心都清净纯正，少有染污。

声，声，慢——

这世界宛然、时光流转，让多少创造多少承担、多少沧桑多少忆念，尽成了白头宫女相对而坐时的闲言碎语啊！年轻时，看过她在李清照的声声慢里，寻寻觅觅、冷冷清清、凄凄惨惨戚戚；看过她在向晚的风里，以三杯两盏淡酒，和天上的大雁对饮；看过她守着窗儿，看过她数着雨滴，看过她少女的娇羞，看过她女神的矜持……看着点点滴滴的旧时光，也温存，也残酷，就这么铅华洗尽，就这么素面素心：即唱出一弯新月，也还是旧时相识。

她现在，不好，也不坏。你现在，能来，不能来？两个人的故事里，连佛和上帝都只是灯泡，只看那一声一声，慢慢说，不管是错，不管是悔，不管是忧伤，不管是快乐……且说，且说，且慢慢说，把旧事说得明白了，未尝不是新天新地、新的山河。

《维摩诘经》中有一句："佛以一音演说法，众生随类各得解。"这是说，佛用一种语言说法，人听到的，是人的语言，飞鸟听到的，是飞鸟的语言。中国人听到是汉语，英国人听到是英语。宣化上人解释：什么叫"音"？音者饮也，为什么叫饮呢？言其声音说出来，你听明白了，就好像喝到肚子去，饮下去了。又"音"者，隐也。有大的、有小的，若隐若现，所以就说是隐。佛有不可思议的境界，他的音声发出来，众生听了就不同，不一样的，你听的是这种声音，他听的是那种声音。本来是一种音声，但是众生的种类不同，所听的就有不同。本为风流才子的李叔同出家后，法名演音,号弘一,出处就在这"佛以一音演说法,众生随类各得解"吧?

声声慢,生生慢!春天太快,夏天太快,秋天太快,冬天太快!世界在,岁月在,她在,你在。而我,我有一个关于你们的秘密,想对你们,慢慢地坦白……

观自在

走江湖

"江湖"一词,本来就是指的大江大湖。所以,庄子说:"相濡以沫,不如相忘于江湖。"庄子的境界真是高!他让两条就要渴死的鱼儿,忽然就有了希望,有了梦想,有了豪气,有了放不下的欢喜和悲伤。

到了唐朝,这"江湖"二字成了禅门中人的景仰之地:"江",特指江西。其时,"中国最伟大的禅师"(胡适语)马祖道一禅师在洪州(今南昌)开元寺登坛说法;"湖",特指湖南。其时,与马祖道一禅师并称为"当世二大士"的石头希迁禅师则于南岳衡山南台寺大弘禅家南宗。一时之间,天下禅门学人奔走于江西湖南,或为参访,或求印证,鸟飞鱼跃,蔚为大观。

于是,"有人的地方就有江湖"!于是,有江湖的地方就有人披星戴月,忙忙奔走!

马祖大师是个奇人。他走路像牛，眼光像虎，伸出舌头超过鼻子，脚掌心还有两个圆形的花纹……这容貌奇异且不论，他讲话更奇。有僧人问他："老师，您刚才对于佛的解释，是什么意思啊？"他答："没啥意思，小孩子哭闹，我说这个他就不哭了。"著名的庞居士问他佛法要意，他答："等你能把西江水一口喝干，我再告诉你。"

石头大师是个猛人。在他的家乡，乡亲们有杀牛摆酒、祭祀鬼神的风俗。他成年之后，虽然没有出家，却总是跑到祭祀场所，把现场砸个稀巴烂，顺带把用来祭祀的牛也牵走。一年下来，他的牛圈里能积养下几十头牛，乡亲们愣是对他无法可施！据载，当石头大师在南岳弘法一方时，连当地的鬼神都去听他讲经，他也毫不在意地将之收归门下。还是那个著名的庞居士，有一次又问石头大师佛法要意，那石头一声不吭，立刻扑上来把庞居士的嘴巴紧紧捂住……

因了这等奇人和猛人，就让唐代禅客们的"诗和远方"显得多么可亲可喜啊！而可亲可喜的语言和可亲可喜的事情，可能都是深刻的。比如，按后天八卦图的方位看，马祖道一在江西，"西"为八经卦中之兑卦，属金，为泽，为少女，为秋天，为争辩，为喜悦，为咽喉，为刀剑……石头希迁在湖南，"南"为八经卦中之离卦，属火，为日，为中女，为夏天，为教化，为名声，为心脏和眼睛，为火炉……于是，这禅门中人的行走江湖，其实是在烈日下行走于大泽之上，亦如行走在两个美丽的小妹妹之间，行走在秋天和夏天之间，行走在言说与教化之间，行走在喜悦和收获之间，行走在收敛与丰满之间，行走在刀剑的寒冷与火炉的温暖之间，行走在那谁的眼睛里或者那谁的心里……行走在真金不怕火炼的艰辛历程中间。往俗了说，以金喻财富，火喻名声，也可以指一些并不曾真正悟道的僧人们，其实是行走在名与利之间。

当年乾隆皇帝下江南，夜宿于长江边上的金山寺。晨起后，他见到江面上的船只往来穿梭，十分繁忙，就问寺中高僧："来往于长江上的船只共有多少？"这高僧说："只有两条。"乾隆听了很奇怪，心道："这不是当面扯谎吗？"高僧解释说："一条为名，一条为利。"所谓"天下熙熙，皆为利来；天下攘攘，皆为利往"。

听过韩磊演唱的《走四方》，苍凉、激越，也有着心有所属的淡定。其实，"走"的本义是跑，而且是奔跑。所以，无论是走江湖还是走四方，都是急急忙忙披星戴月，而同时也笃笃定定天清地宁，只为他们知道：自己，在路上。是的，正像电影《罗马假日》里面的那句经典台词：要么读书，要么旅行，身体和灵魂，总有一个要在路上。

年轻时看《罗马假日》并不深刻，只觉好，只觉不舍，只是为那位公主和记者最后的分手痛感惋惜。多年之后知道：或许，也是只能如此了！因为，不论外面的世界多么精彩，人，都还是要做回自己的。而爱情，不正是为了让自己成为自己吗？所以，费尔巴哈说：爱，就是成为一个人。所以，那行走于江西与湖南的禅客们，他们晓行夜宿仆仆风尘，无非是要印证一下：他们有没有找到，那个真正的自己？

就真的找到了那个自己又如何？真的找到了，还是要放下。所谓"悟了还同未悟时，只是不在旧时行履处"。而《罗马假日》中最后的分手，也无非是为了每个人都有的那个自己，只有把生命中的枝枝蔓蔓放下了，才会有光风霁月的直下承担。有禅客自马祖大师处，欲往参学石头希迁。马祖大师说："石头路滑！"石头路滑啊——江湖险恶，人心不古，可是，可是还是要走啊！哪里又有，不摔跟头的精彩的人生呢？

观自在

树犹如此

鲁迅先生的散文名篇《秋夜》里面写:"在我的后园,可以看见墙外有两株树,一株是枣树,还有一株也是枣树。"

关于这个开头,说法众多。正面的说法是,四句话只说个"我的后园墙外有两株枣树",自有深意:一说是,通过四个短句,以舒缓而复沓的语调,反映出鲁迅面对当时黑暗社会的沉重心态;二说是,作家出门来到后园,第一眼看到了一株枣树,接着看,又是一株枣树,说明外边什么也没有,除了枣树还是枣树,令人感觉到一个独行的战士的孤寂;三说是,表现了鲁迅对当时的兄弟(与周作人)反目所感到的悲凉和无奈。此时,兄弟俩就好像墙外相同的两株枣树,已经在形式上相对而立了,再也合不到一起了……反面的说法也有:在大作家的笔下,这样的写法,或者可以说是语言风格,或者可以说是含义深刻;但要是中学生作文这样写,那根本没有或者，就是个病句！

　　真相到底如何？恐怕只有鲁迅先生自己才能回答了。多年以前，曾和一位大居士讨论某部佛经之真伪问题，我即列举了一些教内教外诸高人的观点，想听听他的意见。他淡然一笑，"佛经的真伪，自然，只有佛，才能说得清。相对于佛说，张说李说，仙说魔说，哪个说，不是伪说？"

　　这样有智慧的朋友，其实，也像是一棵树的。他，应该是舒婷笔下的橡树吧："每一阵风过／我们都互相致意／但没有人／听懂我们的言语／你有你的铜枝铁干／像刀，像剑，也像戟／我有我红硕的花朵／像沉重的叹息／又像英勇的火炬。"想来，若是还让那位朋友来看此诗句，或者他又会淡然一笑，说：哪有两棵树？是名两棵树，则根本就是一棵树嘛；既是一棵树，自然就是一座森林；而归根到底，一棵树，当然只不过就是一棵树而已！

　　三十七年以前，蒙古族画家、诗人、散文家席慕蓉或名穆伦·席连勃有诗《一棵开花的树》："如何让你遇见我／在我最美丽的时刻／为这／我已在佛前求了五百年……佛于是把我化作一棵树／长在你必经的路旁／阳光下慎重地开满了花／朵朵都是我前世的盼望……"这样的句子，让少男少女看了，自然是甜蜜而忧伤；可是，等到他们年纪渐长，也经历些沧桑，当会知道在美丽的诗句之后，总有一种真正的成长，不回避梦想，也不回避失望！这样，所谓的情缘，固然是一种生长的力量；但唯其如此，则生长本身，也是在走向死亡。所以，台湾著名诗人痖弦虽然评价此诗说："现代人对爱情开始怀疑了，席慕蓉的爱情观似乎在给现代人重新建立起信仰。"于我观之，哪一种新信仰的建立，不是在打破旧信仰的基础上？

《世说新语》载：桓温北征，经金城，见年轻时所种之柳皆已十围，慨然曰："树犹如此，人何以堪！"攀枝执条，泫然流泪。

桓温这人，太过执着！太执着的人有深情，但是有深情的人，必然想法多多。因此，在很多时候，反倒表现得像是个薄情之人了。当他还只是一名十五岁的少年时，父亲被仇人害死。他立誓亲刃仇敌，血债血偿，日夜苦学，文武兼修。等他到了十九岁那年，却等来了仇人已死的消息。于是，桓温假扮吊客，混入仇人的丧礼现场，手刃仇人的三个儿子，一时名扬天下，世所感佩！由此，被皇室招为驸马，一路官运亨通，最终成为权倾朝野的地方大员。本来，以一般人的逻辑来看，这桓温，自该在家中对妻子百般恩爱、忠贞不贰；在朝中，更是忠心赤胆、恪尽职守。可是他，偏不！

史称，桓温讨平蜀国后，纳了蜀帝李势之女为妾。他因自己的妻子即晋明帝之女南康长公主凶悍妒忌，故刻意隐瞒了这件事。后来，南康长公主知道了，立刻赶到李女住所，想要杀了她。当时，李女在窗前梳头，容貌端庄美丽，神色娴静正派，说话也很哀怨婉转。公主于是丢下刀上前抱住她说："阿子，我见汝亦怜，何况老奴！"你啊，我见到你都感到可爱，更何况那桓温老东西呢！于是，一改初衷，反而待她很好。

史称，老桓53岁之后，即致力于废除晋废帝以及为自己申请"九锡"待遇问题。公元365年，东海王司马奕即帝位，史称晋废帝。此时，外有桓温骄横跋扈，王室中又有司马昱执掌朝政，这司马奕完全是一个傀儡皇帝。在此境遇之下，司马奕只能礼敬桓温，谨慎守道。但是，老桓还是到处制造舆论，说司马奕早就有阳痿的毛病，只能与相龙、计好、朱灵宝三名内宠搞同性恋，一时朝野议论纷纷，"莫能审其虚实"。最终，这名"被阳痿"的皇帝，原东海王，被降封为海西公，直接"被病退"。这之后，老桓逼迫新帝即晋文帝为其加封"九锡"。实际上，所谓"九锡"，具体是：衣服、朱户、纳陛、车马、弓矢等，本来都是皇帝赐给大臣的荣誉物品。但是，王莽、曹操、司马昭等著名篡权者都接受过；而且，此后的宋、齐、梁、陈四朝的开国皇帝，在其原任大臣的岗位之上，也都曾受过"九锡"。所以，"九锡"成了篡逆的代名词。但是，老桓却不以为然，对此待遇孜孜以求！当然，朝廷也故意拖着不办，直到他62岁病死，此待遇都没能兑现。

桓温北征经金城时，已经57岁了。想来，他面对十围之树的感慨，当有一种面对山川、历史时，人类对于自己渺小的体认和对于自然无奈的浩叹吧？《世说新语》有记，桓公卧语曰："作此寂寂，将为文、景所笑。"既而屈起坐曰："既不能流芳后世，亦不足复遗臭万载邪！"老桓大概是病在床上吧，他的心，却不甘！他说，我这样的庸碌之辈，一生毫无建树，死后，一定会在地下被文、景二帝所耻笑啊！我呀，就这样既不能流芳后世，亦不足以遗臭万年吗？

老桓这话说完之后，就消散在历史的风中了。也好像是，他亲手种下的那棵大树，被风一吹，就有沙沙的响动，就有，微微的让步，以及，坚定而空落落的语气。

观自在

孔颜之乐

孔子爱笑。或问,何所据而言之?我答,看《论语》嘛。一部《论语》,开篇就是:

子曰:"学而时习之,不亦说乎?有朋自远方来,不亦乐乎?人不知而不愠,不亦君子乎?"

学习,高兴!朋友来,高兴!人不理解我,我也不生气,因为自己有了这样的君子之德,高兴!从孔子这一连串的三个高兴看来,民间故事之唐伯虎点秋香,所以源于秋香三笑而不是一笑二笑或四笑五笑,岂不正是象征了民间的好情意,出自圣人的好情怀?

那么,孔子最喜欢的弟子颜回如何?这还用问吗?!子曰:"贤哉,回也!一箪食,一瓢饮,在陋巷,人不堪其忧,回也不改其乐。贤哉,回也!"颜回的修养是多么高啊!一竹篮饭,一瓜瓢水,住在简陋的小巷子里,别人都忍受不了这种穷苦的忧愁,颜回却不改他学道行道的内在的快乐。颜回的修养是多么高啊！

因为圣人说过：爱笑的小伙子，修养是多么高啊。所以，后世的武侠小说作家古龙临摹了一句：爱笑的女孩，运气不会太差。

这一天，孔子到武城县，一进城就听到了弹琴唱歌的声音。"夫子莞尔而笑，曰：割鸡焉用牛刀？"这"莞尔"二字，把个孔子的浅笑，写得多么妩媚、多么意蕴深长啊！当地的县长，正是孔子的高足言偃，这老实孩子恭恭敬敬地回答完老师的"牛刀"问题后，孔子说："小伙子们，言偃的话是对的。我刚才说的，逗他呢。"想来，这句话一说完，老夫子更当有破颜一笑吧？

这一天，子路、曾皙、冉有、公西华四位学生，陪着孔子闲坐聊天。孔子说，如果有人懂得你们，并且给你们机会，你们打算做些什么事情呢？那素来莽撞的子路又是脱口而出，抢先作答，孔子听后，当即"哂之"——那微微一笑之中，当有一种所料不虚的笃定，略带揶揄的暗示，见怪不怪的宽容，爱之惜之的无奈……在忠厚长者的智慧里，又透着绿鬓少年的顽皮。想来，那孔子的一"哂"，不仅仅是对子路的，或者，也是对自己教学成果的一种反思吧？

这一天，孔子非常感慨地说："吃粗粮、喝白水、弯曲了胳膊当枕头，乐在其中啊！如果是行不义之事而得到的富贵，我只把它看作是天边的浮云。"他讲这话的时候，笑了没有，书上没记载。想来，他老人家应该是笑着说的吧？他，既是高兴着自己的"乐在其中"，也是轻蔑着那"不义而富且贵"，于"神马都是浮云"的透彻里，就把那满是嘲讽的一笑都留给了遍地的蝇营狗苟之徒。

后世儒者，喜欢讨论"孔颜之乐"或"孔颜乐处"。孔颜之乐

观自在

乐在哪里？乐在自己的弟子们"入则孝，出则弟，谨而信，泛爱众，而亲仁。行有余力，则以学文"。真是让为师者信心满满啊！而且，学生们也着实争气。比如曾子所说"君子以文会友，以友辅仁"，把个"行有余力，则以学文"的意思理解得全面而又深入。孔颜之乐乐在哪里？乐在老师刚讲过"君子不重则不威，学则不固。主忠信，无友不如己者；过，则勿惮改"，就有学生子贡说："君子之过也，如日月之食焉：过也，人皆见之；更也，人皆仰之。"就有学生颜回能够做到"不迁怒，不贰过"。孔子之所论述，悲智双运，他知道人会犯错误，他更知道：人，会改正错误。孔颜之乐乐在哪里？乐在子夏问孝。子曰："色难。有事，弟子服其劳；有酒食，先生馔，曾是以为孝乎？"请教者正心诚意，施教者对境当机，师生之间言笑晏晏，满室生春。孔颜之乐乐在哪里？乐在"吾与回言终日，不违，如愚。退而省其私，亦足以发，回也不愚"。对一个名叫颜回的学生讲了一天课，这家伙像个傻子一样从来不提反对意见和疑问。可是等他退下之后，老师考查学生私下的言论，发现其对自己所讲授的内容还能有所发挥，这家伙原来不是个笨蛋啊！一种惺惺相惜的情感，瞬间爆棚……

更多的时候，孔颜之乐，纯是日常。比如，孔子说："父母的年纪，不可不知。一方面为他们的长寿而高兴，一方面又为他们的衰老而恐惧。"这就是个孝子在说着自己的本分中事嘛！但喜中有忧，正是智者之乐。比如，孔子说："子路啊，我告诉你，知道吗？知道的就是知道的，不知道的就是不知道的，这就是智慧。"开门见山，直截了当，乃有隔山打牛之效，正是勇者之乐。比如，子夏问："《诗经》上说：可爱的笑脸多么漂亮，美丽的眼睛黑白分明，只有在纯白的底子上才有这灿烂的色彩楚楚动人！这几句诗是什么意思呢？"孔子说："就像绘画一样，一张白纸上才能画出最美的画。"子夏领悟说："'礼'，就是'仁'这张白纸上的色彩，对吗？"孔子说："启发我的就是你子夏啊，现在可以和你谈《诗经》了。鸟飞鱼跃，万物欣欣，正是仁者之乐。"比如，孔子说："温习旧的知识，进而获得新的发现，这样的人就可以做老师了。"谆谆教导，殷殷厚望，正是师者之乐。哪怕是在射箭的时候，孔子都能有所发现：君子立身处世就像射箭一样，射不中靶心，就要反过来要求自己，看看自己有没有做好，功夫够不够。一句话，孔子的日常，不过是一样的吃喝拉撒睡，可是因为有了志于道、据于德、依于仁、游于艺，一样的花草，就有了两重的春光。唐人诗句之"儿童相见不相识，笑问客从何处来"，正是描绘那孔子，对于新天新地新人新事的亲近和喜气吧？

又一天，孔子问子贡："你跟颜回比，哪个更强些？"子贡答道："我，怎么敢跟颜回相比呢？颜回听到一件事就能推知十件事，我听到一件事就只能推知两件事。"孔子说："不如他啊！我和你，都不如他。"想来，这一句"不如他"，是对未来的展望中，有着多少压抑不住的快乐啊！

孔子爱笑。所以，他说："智者乐水，仁者乐山；智者动，仁者静；智者乐，仁者寿。"在陕北民间，青年男女唱情歌，有一句歌词唱道："山在水在人常在，咱二人甚时候把天地拜？"这歌里面问的，也可以理解成：咱二人，什么时候，能像孔子那样快乐啊？

观自在

老子三宝

相距太远了，就容易产生传说。时间和空间都是可以酿酒的：有的苦，有的涩，有的甘甜醇美，有的辛辣刺喉。

比如二千多年以前，楚国人老子出生的故事，一直就众说纷纭。有种说法是，这人为什么叫老子呢？因为他老娘在河边洗衣服时，见到河面上漂来一只李子，捞而食之，因此受孕。怀孕之后，更是经历了九九八十一年，才生下他。这孩子出生时，白发白眉白须，状如老者，故名之为老子。这还不算完，故事还讲，这孩子出生后，见院中有李树，就指着李树说：我要以此树为姓。于是，后世的唐朝天子李世民，就有了这样一个姓李的老祖宗。

开天辟地之初，万物之所从来，不易清楚，因此，神秘和崇高的感兴往往由是生发。所以，古之圣人奇人，时有他娘吃鸟蛋受孕、他娘踩巨人脚印受孕、他娘梦见一只六牙白象进入自己的肚子受孕、他娘因圣灵所感而以童贞之身受孕……的人，于是，生命的来处和归处，就让人容易在形而上的层面上，产生追问，产生思索。

回答这样的问题，在世界范围内引起关注并产生重大影响的，当属老子。20 世纪 80 年代，联合国教科文组织有过一个统计，在世界文化名著中，译成外国文字出版发行量最大的是《圣经》，其次就是老子所著的《道德经》或称《老子》。所谓"老子天下第一"，不是说的"我"高明，却是说的"他"伟大。他说："天下万物生于有，有生于无"；又说："有无相生，难易相成，长短相形，高下相盈，音声相和，前后相随。恒也。"于是，好比《圣经》"创世纪"里所说的那样："事，就这样成了。"生命的来处和归处问题，也就这样解决了。

当年，梁思成先生曾问周谷城先生："什么是境界？"周先生大学问家，深通《老子》，他回答的大意就是：从自身出发，达到与自己对立面的统一。据此逻辑，生命的境界，正在于让来处与归处达到统一。这复杂的道理，用中国的民间话语来说更加简单，人们直接就用青年男女之间的爱情来比喻，陕北民歌有唱："骑着那个骆驼赶（呀么）赶着鸡，高的高来就低呀么的低。"真情实感所演绎出的生命境界，说的也无非就是当下那些随缘的努力与应分的安然。

所以，谦虚冲淡如老子者，偶尔也会"显摆"一下，他说："我有三宝，持而保之：一曰慈，二曰俭，三曰不敢为天下先。慈，故能勇；俭，故能广；不敢为天下先，故能成器长。"有了慈悲喜舍，自然就能勇敢；有了俭约自律，自然就能阔大；有了不敢为天下先，自然就能成就天下之物按其自性来完成自己。老子这"三宝"，也可对应佛教之"佛、法、僧"三宝——关乎生命的学问，向来都是殊途而同归的。

唐代的著名诗僧寒山问拾得说："如果世间有人无端地诽谤我、欺负我、侮辱我、耻笑我、轻视我、鄙贱我、恶厌我、欺骗我，我要怎么做才好呢？"拾得回答道："你不妨忍着他、谦让他、任由他、避开他、耐烦他、尊敬他，不要理会他。再过几年，你且看他。"这寒山和拾得，在佛教界分别被称作文殊菩萨和普贤菩萨的化身，然细细品察他们的对话，也不过就是劝诫世人把那老子的三宝，"持而保之"。

开创"草庵茶"、被尊为日本茶道的"开山之祖"的村田珠光，曾在当时的著名禅师一休禅师处拜师参禅。这一天，一休禅师问他："珠光！你是用什么样的心态来喝茶呢？"珠光答："为了健康而喝啊。"一休就说："过去曾有学僧请教赵州禅师佛法大意，赵州答道：吃茶去！你怎么看这件事呢？"珠光无语。一休就叫侍者送来一碗茶。珠光刚捧在手上，一休便大喝一声，并将他手上的茶碗打落在地。珠光定力很强，一动不动。过一会儿，珠光向一休道谢起座，向外走去。一休禅师便叫："珠光！"珠光回头道："弟子在！"一休又问："茶碗已被打落在地，你，还有茶可喝吗？"珠光两手作捧碗状，说道："弟子仍在喝茶！"一休追问道："你已经准备离此他去，怎可说还在吃茶？"珠光诚恳地说道："弟子到那边吃茶！"一休再问："我刚才问你喝茶的心得，你只懂得这边喝，那边喝,却是全无心得,这种无心喝茶,到底有无深意?"珠光沉静地答道:"无心之茶,柳绿花红。"一休一听,大喜。他知道:这珠光因茶悟道了。

这一休师徒,应该是老子的日本知音了。师父不敢为天下先,故不敢自己独悟,而是要让天下人都能觉悟;徒弟不敢为天下先,故不敢自己独饮这无心之茶,而是要让天下人都能共享这"柳绿花红"的无心之茶。师徒二人之间,一喝一夺,一捧一饮,正含蕴着无量无边的对人的慈悲和对己的俭约。

究其实而言,老子与佛教的关系,本就应该非常密切。佛教进入中国后,翻译佛经者,多有借用《道德经》上的名词概念。而且,按《老子化胡经》所说,释迦牟尼佛正是老子的弟子尹喜尊从师命转世而来。不过,编撰此经的人虽然是正经八百的道教徒,却真的不懂自己的祖师爷、"太上老君"老子。须知,那样一个把"曰慈、曰俭、曰不敢为天下先"当作立身之宝的人,怎么可能做出让自己的弟子转世去做别人的教主,来抬高自己身价的事情呢?

观自在

孟子不高兴

孟子脾气大，而且，不是一般地大！

《孟子》首章首节，就看见他老人家在发脾气。话说，这是孟子初次与梁惠王见面，梁惠王就说："老先生不远千里而来，一定是有什么对我的国家有利的高见吧？"梁惠王这人，本没什么能力和建树，却偏偏是个好大喜功之人，历史上著名的"孙庞斗智"之惨败于马陵道的庞涓，正是他重用的心腹爱将。其时，他刚刚经历了三次败仗，太子被敌国俘虏，上将被敌人斩杀，自己国内财政空虚、民怨沸腾。可他见到孟子时，似全不以之前的败迹为耻，倒还是一副居高临下、老三老四的样子和口吻。脾气大的人本就敏感，何况是面对如此德不配位之所谓"人君"！孟子当即开骂：我听到人家唯"利"是图就烦！为国君者，有了仁义还不够吗？做国君的想着怎么样有利于我的国家？做重臣的想着怎么样有利于我的封地？各级公务员和老百姓都在想着怎么样有利于我自己的小家？上上下下，皆为着一个"利"字你争我抢，当真是"仁义放一边，利益最当先"，你的君主之位岂不是大大地危险？但是，如果反过来看，讲"仁义"的人不会抛弃父母，讲"仁义"的人也不会不顾君王。所以，你只需强调仁义就行了，何必唯"利"是言呢？

也真是，让孟子他老人家不高兴的事儿太多了——就说这梁惠王吧，在孟子的教诲之下总算是有所进步，懂得谦虚地表示"寡人愿安承教"了，也听到孟子著名的"仁者无敌"论了……结果，还没等到有所作为之时，却突然又一命呜呼了！他那继位的宝贝儿子梁襄王，用孟子的话说，更是"望之不似人君，就之而不见所畏焉"：远看吧，也不像个人君的样子；接近之后有所了解呢，根本就是个无知无畏的货！而且，告诉他不喜欢杀人的国君能一统天下后，这位梁襄王竟然问孟子："有谁，愿意跟随不喜欢杀人的国君呢？"——与无知无畏同行的，总是少不了无耻！

孟子真是不高兴啊！

其实，孟子的高兴指数并不高。他自己说过，君子有三种快乐，就是给个皇帝也不换："父母俱存，兄弟无故，一乐也；仰不愧于天，俯不怍于人，二乐也；得天下英才而教育之，三乐也。"朱熹认为：这三种快乐啊，像父母健康长寿、兄弟平安无事的快乐，要靠天意；像能够遇到品学兼优之青年才俊来教育他的快乐，有待人和；只有那俯仰之间对天对地都无所惭愧的快乐，可凭一己之力做到！可是，要让一个人面对日月星辰和山川河流毫无愧疚，为什么总是那么难呢？

观自在

所以，孟子不高兴！他说："无恻隐之心，非人也；无羞恶之心，非人也；无辞让之心，非人也；无是非之心，非人也。"又说："人之所以异于禽兽者几希，庶民去之，君子存之。"最后，他干脆说："饱食、暖衣、逸居而无教，则近于禽兽。"孟子骂人，骂得直白，骂得深刻，也骂得悲哀，骂得痛彻……

当年，孔子的学生问孔子："如果有人对一位仁者说，井里面掉进去另一位仁者，这位仁者会照着跳下去吗？"后来，孟子的学生问孟子："对于以至孝闻名的天子舜而言，如果他的父亲犯了杀人罪，舜又会怎么办？"圣人和亚圣的这些学生们，他们都曾经历了些什么啊，才会这样想、这样问？

禅门之人，时有以儒释禅者，但他们多以孔子章句相标举，少有以孟子之说为例的。为什么？孟老夫子火气太大了！不过，临济宗的开山祖师义玄禅师，常以大声呵斥来接引弟子的方式，却是大大地因袭了孟老夫子"不高兴"之风。《五灯会元》记载：

师谓僧曰："有时一喝如金刚王宝剑，有时一喝如踞地狮子，有时一喝如探竿影草，有时一喝不作一喝用。汝作么生会？"僧拟议，师便喝。

这临济义玄禅师的喝来喝去，亦如孟子的骂来骂去，有时斩断疑情，有时震碎妄想，有时只是用来试试尘世和人心的深浅，有时就是那么纯粹的一喝、纯粹的一种宣泄而已！但是，真要到了直面世界直面生命之时，峻烈的禅风里自有一种儒者的担当。还是这临济义玄禅师，临终之时，举目四望，对弟子们说："假如有人问起，佛道究竟是什么？你们要如何回答？"他的弟子惠然禅师马上就学着临济禅师一向教导学人的方法，大喝一声！临济禅师非常不以为然地说道："谁能想象，我想要指给你们的佛之知见，以后却要在这些大喝一声的人那里断绝了。真是让人好不伤心啊！"说完，坐在法座上端然圆寂。那位惠然禅师非常不解地说道："老师平时对来求道者都是大喝一声，为什么我们就不能学着老师也大喝一声呢？"临济禅师忽然又活过来，说："我吃饭，并不能让你们也肚子饱饱；我死了，你们也同样不能代替。"惠然禅师急忙跪叩说道："老师！请原谅，请不要离开我们，再给我们更多地教诲。"这临济禅师大喝一声，说道："我才不给你们模仿！"说完，他真的就此入灭了。

临济禅师去世的故事，也当好有一比——好比孟子的学生桃应问："舜做天子，皋陶做法官，假如舜的父亲瞽瞍杀了人，那怎么办？"孟子答："把他逮起来就是了。"桃应问："难道舜不阻止吗？"孟子说："舜怎么能够阻止呢？皋陶是在尽职尽责。"桃应再问："那么，舜该怎么办呢？"孟子说："舜会把天子之位像破鞋子一样抛弃掉，再偷偷地背负父亲逃走，沿着海滨住下来，终身逍遥，快乐得把曾经做过天子的事情忘得一干二净。"

——说到底，孟子固然常常不高兴，但究其初衷，不过是想让太多的人都能明白：独乐乐，不如众乐乐。或者说，他不高兴，只为能让天下人，都高兴！

观自在

画　眉

　　画眉的人，心中都有一弯新月吧？

　　就像一川芳草绿了，要有白帆的船；一树桃花开了，要有羞红的脸；一封信寄出去了，要有辗转不眠的夜晚；一首歌唱出口了，要有清凌凌的水来蓝莹莹的天……画眉的人，他的指尖，还必有二月的风——他，要按着春天的样子，让一个人的眉眼之间，山一程，水一程。

　　中国古代第一位浪漫主义诗人屈原在他的《楚辞·大招》里写："粉白黛黑，施芳泽只……青色直眉，美目婳只。"他只写了那个被画眉的姑娘，却没写那个画眉的人——又其实，他用自己的诗句，在美的面庞上画下了多么明艳多么温婉的爱的笔触呵！

　　古代女子画眉之俗，最早见于战国时期的典籍。一般来说，是用一种青黑色类如石的颜料"黛"来画眉毛，使得女子眉目清晰，容貌秀丽。史载，西汉时的"北京（时为长安）"市长张敞先生与太太感情极好。但是，这位张太太因为小时候受伤，在眉角留下了疤痕。所以，张市长每天早上都要为他爱美的太太画眉之后，才去上班。这件事，让张市长的同僚知道了，立刻作为一件有违国家大臣威严和体面的罪状向皇帝做了汇报。这一天，汉宣帝在朝廷之中当着很多干部向张敞市长质询此事。张市长说："闺房之乐，有甚于画眉者。"报告领导：那闺房之中，还有比画眉更快乐的事情呢！也不知做了之后，是不是会更加影响国家大臣的形象？

我有个当老师的大连诗友，痴迷诗歌和书法，骨子里壮怀激烈，形象上却温文儒雅。他的诗好，但是书法更好，在全国都有相当影响。承他错爱，有一年他和夫人在假期到苏州旅游，专程绕道来看我。我请他们夫妇吃饭，酒酣耳热之际，他告诉我：兄弟，今天你嫂子给我面子，也是给你面子，没控制我的酒。这说明她是真的喜欢你的诗，而且，今天确实也是没有外人。当年，我和她都在同一个中学当老师。年轻的时候嘛，喝酒都有情怀，拿别的同事也当兄弟，当和自己是一路的人，不装、不端，不道貌岸然，也容易喝多。结果，反被那些"聪明人"在背后当作笑话说。这可就给你嫂子坐下病了！她这人，好强啊！听到别人议论我，就难受，就生我的气。后来，我到高校做老师之后，个别过去的同事跟你嫂子提到我，还总是问：某某喝酒还像过去那样吗？或者说：我又在某处见到某某了，看样子又喝了酒……她只要听到别人再这样问这样说，回家就给我来个口诛笔伐，恶毒攻击！你说，她不是有病吗？我问她是谁这样说的，她也不讲，我就告诉她：你不告诉我是谁，

观自在

没关系！但是你可以好好地分析一下，跟你说这些话的人，是不是要么不学无术，要么无所事事，或者直接就是个心理阴暗的小人！我书法作品在全国获大奖，他们怎么不问你？我的诗作编成歌曲到处传唱，他们怎么不问你？我在大学里被学生评为最受欢迎的老师，他们怎么不问你？

我听了笑笑，就对眼前这位老哥，讲了那张敞画眉的故事。然后说："哥，你可别怪嫂子不高兴。你的才华和名望，固然是你为嫂子描画的'张氏黛眉'，可是你老兄为人师表却酒风浩荡不加控制，总是嫂子眉间的那块'张太太疤痕'啊！再说了，和嫂子提起你喝酒的人，也不见得都像你说的那样不堪吧？总有人可能是真正的关心你，希望你更完美。"这位书法家老哥听了这番话之后，沉默了一会儿，端起杯来一饮而尽，说："不错！兄弟你讲的故事，其实是想要告诉你哥你嫂：画眉，画得是一个人对另一个人的理解、关心、欣赏和怜惜！对不？"

当然对！明代三才子之首、《三国演义》开篇那阙著名的"滚滚长江东逝水"作者、状元公杨慎在其《丹铅续录·十眉图》中记载："唐明皇令画工画十眉图。一曰鸳鸯眉，又名八字眉；二曰小山眉，又名远山眉；三曰五岳眉；四曰三峰眉；五曰垂珠眉；六曰月棱眉，又名却月眉；七曰分梢眉；八曰还烟眉，又名涵烟眉；九曰拂云眉，又名横烟眉；十曰倒晕眉。"眉之造型不可谓不多，眉之名称不可谓不美，可是，如果是画在一个不喜欢的人脸上，和丑人多作怪又有什么区别呢？

又，这"画眉"二字，还是一种鸟的名称。画眉：雀形目、画眉科、噪鹛属鸟类。白色眼圈在眼后延长，形成眉纹，鸣声悦耳，主要分布在中国长江以南的西南、华中至东南、台湾、海南岛及中南半岛北部。于是，这"画眉"既是眼之所见，亦为耳之所闻，恰可比"观世音菩萨"一词中，也是深含着由眼观世乃至由眼观音之意。

并且，这"画眉"，亦非仅限于男女情事。佛教界传说，明代末年有师徒二人在峨眉山上结庵修行。一天，老僧对徒弟说："我要走了。"徒弟大哭不舍。老僧劝他："别难过，我们还会见面。"就取出一幅画轴，上画老僧，五官俱全，只欠眉毛。老僧又说："十二年后你下山找我，谁帮你为肖像画上眉毛，谁就是我。"说完，老僧飘然而去。十二年后，徒弟下山，此时已是清顺治年。小和尚辗转云游了十多年，走遍天下寻人看画，都不能如愿。后来云游到北京，恰逢顺治帝到郊外狩猎。他不知这是皇家队伍，只想看看有无人愿意为他看画。侍卫大惊，想要逮捕小和尚，顺治帝却说："把画打开我看。"顺治帝看后，说："这肖像怎么没画眉毛呢？"命令左右笔墨伺候，亲手为肖像添上眉毛。徒弟当即泪如雨下，跪倒在地大喊"师父"，并把前尘往事重述一遍。顺治帝恍然大悟：原来自己的前世是峨眉山老僧啊！怪不得总有出家之念！于是，马上要过23岁生日的顺治帝抛弃帝位出走，与徒弟遁迹于五台山深岩之中。

所以，那画眉的人，他笔下画的，也其实是一弯新月下面，他的江山和他的前世……

观自在

梅花三弄

　　大朵大朵的雪花在空中飞舞,像你见到她时,满肚子不知从何说起的话。那雪花落下,落在山上,树上,水上,也落在你的头上,肩上,船上,落在你的想念上。

　　王子猷,就在这场大雪中。

　　这样的夜晚,看不清河水的流动,就像人在分分秒秒之间,感觉不到岁月的流逝。从绍兴,到嵊州,一个轻狂少年在一夜之间淡泊宁静下来,他看着岸上人家清晨升起的炊烟说:"吾本乘兴而行,兴尽而返,何必见戴!"

　　假如有一个人,在风雪交加的夜晚想你,然后,冒着大雪,坐着小船,夜行数百里的水路,去看你。那么,就算等到天亮时,船已到了你家门前,那人却不见而返。你若知道,会不会有一种感动如门前的皑皑白雪?那干净,那耀眼……那所有的温暖啊,都被藏在寒冷下面。

　　就让他做他的王子猷好了，你，且安心做你的戴安道！隔着一场雪，隔着东晋距今的一千六百多年时光，生命中永远不缺少客气地寒暄，可是让我们感动的，永远是一种默默地付出，哪怕，哪怕只是深深地想念；哪怕，哪怕只是飘雪的夜晚，他坐着船，去看你，看你们的前尘往事如雪花，充塞在天地之间……

　　子猷天真。但是天真之于成人，或者，往往会被看作无用吧？《晋书》载：（子猷）为车骑桓冲骑兵参军，冲问："卿署何曹？"对曰："似是马曹。"又问："管几马？"曰："不问马，何由知数！"又问："马比死多少？"曰："未知生，焉知死！"他的领导、车骑将军桓冲问他负责什么部门，他答："好像是管马的部门吧。"再问马有多少，三问马死多少，那就干脆回答说不知道了。好在，这"不知道"，倒是句句有出处有来历：《论语·乡党》说，孔子家的马棚着火了，孔子退朝后先问，伤人没有？"不问马"。又，《论语·先进》中子路问"死"，孔子告诉他，"未知生，焉知死"。

　　做了官已然如此，没做官时，更加率性而为。《世说新语》记：文艺青年王子猷赴京，船泊岸边。恰遇桓子野的车马从岸上经过，船中有认识的人告诉王子猷："那人就是桓子野啊。"这文艺小清新王子猷早就听说过桓子野，知道他吹笛为"江左第一"，时人谓之"笛圣"，却素不相识。但他还是胸有成竹地告诉家人，你上岸对桓子野转达我的话："闻君善吹笛，试为我一奏。"当时的桓子野已是相当于省委书记级别的一方大员了，对于自己的平民粉丝和书法新秀王子猷的要求竟也不以为忤，立刻下车，于胡床之上，为他演奏《梅花三弄》。"弄毕，便上车去。客主不交一言。"

是呵，天地这么大，你所遇见的，可能正是那个与你相似的人！桓子野出身侯门，文能相继担任多个重要省市地区的一把手而官声斐然，武能参与淝水之战以八万子弟兵大破前秦号称百万的虎狼之师，虽是经国济世、位高权重之武将能臣，仍不改读书人的本色和音乐家的情怀，学富五车、多才多艺，兼且性情率真。史载：桓子野每闻清歌，辄唤"奈何"。谢公（指东晋名臣谢安）闻之，曰："子野可谓一往有深情矣！"

而我们，已经有多久时间，听到一首自己喜欢的歌，只能在心里暗暗应和，却不敢脱口而出地说："怎么办啊？"桓子野的总是一声"奈何"，就让《诗经·绸缪》里的"子兮子兮，如此良人何？"有了多么优雅的回应？就让苏东坡《后赤壁赋》里的"月白风清，如此良夜何！"有了多么美好的上游？是不是，天下所有的一往情深，都将绵绵不尽，都将重复再来？

笛曲《梅花三弄》到了唐代，被谱作琴曲。明杨抡《伯牙心法》记载："梅为花之最清，琴为声之最清，以最清之声写最清之物，宜其有凌霜音韵也。三弄之意，则取泛音三段，同弦异徽云尔。"琴曲中采用完整重复三段泛音写法不多见，"故有处处三叠阳关，夜夜梅花三弄之消。"（《律话》）据说，全曲共有10个段落，因为主题在琴的不同徽位的泛音上弹奏三次（上准、中准、下准三个部位演奏），故称"三弄"。所谓："梅花一弄，弄清风；梅花二弄，弄飞雪；梅花三弄，弄光影；暗香浮动，水清清。"我想，那"暗香浮动，水清清"的境界，当是指高洁的品格在时光中，感染得岁月也干净、也芬芳……

但是，一曲《梅花三弄》，其实说的也许只是"知道"二字！那王子猷知道桓子野，那桓子野也知道王子猷，于是，身外的所谓富贵功名，于两个男人的两颗赤诚相见的心而言，当然早已不值一说！如此，若以男女之间的相处而论，即张爱玲所谓"因为懂得，所以慈悲"吧？

大朵大朵的雪花在空中飞舞，梅花开，梅花再开，梅花天荒地老地开啊开啊，开得像一场盛大的誓言……我们站在雪花中，不说话，等待春天，和一只船。

观自在

游龙戏凤

少男少女两相爱悦，亦如英雄豪杰打江山，既要入得心，也要使得力，须是有情有义、有勇有谋之人，方能定乾坤、王天下。

所以，古圣先贤如文王、周公者，他们在演绎八卦之时，取"艮"卦和"兑"卦所分别对应的少男和少女之象，结合起来或为"咸"卦，或为"损"卦，无非是想要启示后人——要么，是有为者乐处其下，感应道交；要么，是柔顺者甘于奉献，损己利人。果真能够如此，无论上下，就都会有贞有利，皆大欢喜！

我小时候在乡下听故事，每每背不全甚或听不懂那些公子小姐之间你来我往的种种"关目"，却也常常会为一些莫名的兴奋和快乐所着迷。这，大概就是几千年以来，在中国民间的文化精神中传承下来的天清地宁的喜庆之气吧？

看京剧《游龙戏凤》，里里外外都透着既是明月清风我自知，兼且东家吃酒西家醉的这股欢喜劲！不过是只有两个人的一出戏，却热热闹闹地说着从前慢，说着杏花春雨江南，说着有个小镇，唤作梅龙。说是这梅龙镇上又有个小酒店，这小酒店里又有个小姑娘。说她小，也不小，来来往往的客人见了，每每还要尊她一声"酒大姐"——其实，她的名字，本来也是叫作李凤姐。

女孩子未嫁时，都有一种不知从哪里来的底气，支撑着她们那些让老人们每每不以为然的、关于将来美好生活的远大志向。这志向，在西方人，是来自她梦中的"白马王子"；在东方人，是来自她心中一直在等待着的"真命天子"。所以，那个风流天子正德帝的微服私访，也好比是春阳正暖时，谁家的俊俏少年却并不去游春，反是要在纸窗之下深情款款地给远方写一封信。所以，当李凤姐独自面对一个说话搭三搭四、手脚还有点不那么老实的军爷，她也是心无挂碍、自有笃定！特别是，那位军爷还自称"我的住处与旁人不同"，是"北京城内有个大圈圈，大圈圈里面有个小圈圈，小圈圈里面有个黄圈圈。我就住在那黄圈圈里面呐"。凤姐虽然是身处小地方，却也明白，这家伙自称自己是皇子皇孙呢！她也是答得真巧，她说："好像我认得你呀，你就是我家哥哥……的大舅子呀。"

无论是在恋爱还是婚姻之中，一个女子若真想跟你吵架，你当然永远吵不过她！这是当今生活中的真现实，也是几千年以来珍藏在民间的好情意。所以，几十年前，古龙写武侠，常说："爱笑的女孩，运气不会太差。"为什么？我想，这爱笑，就既是志向，也是情意。一个姑娘又有了大志向，又有了好情意，当然就是又聪明又善良，当然就会漂亮，当然，也就会天助、人助、四方神助！

观自在

古龙写武侠之前又几十年,一对玉人因共同出演《游龙戏凤》而互生爱慕、一剧定情。他英俊潇洒、温文尔雅,继承传统、勇于创新,塑造了众多优美而令人难忘的艺术形象,形成了具有独特风格、大家风范的表演艺术流派,并成为当今世界三大主要表演体系之一的代表性人物。他,自然就是梅兰芳。自然,那个"她",就是"冬皇"孟小冬。

或者,"冬皇"孟小冬算是不太爱笑的女孩吧?我看过她的一些老照片,美则美矣,却总是笑得不"开",且眉目之间确有孤高清冷之气。据说她是极少数不愿意谢幕的坤伶,而且,她的理由一点都不拐弯:"我演得这么辛苦,为什么还要跟轻松看戏的人说谢谢?"

可惜,那么天造地就的两个人,也不过短短几年,说分手就分手了。孟小冬在报上申明说:"是我负人?抑人负我?世间自有公论,不待冬之赘言……"自己的事情,让不相干的外人来评价,本来就透着委屈。但是,她愿意承担着这种委屈,因为她想让世人们能够明白,在她"孤高清冷"的后面,那些被盔甲所护卫着的柔软。

明代破山禅师有诗偈:"山迥迥,水潺潺,片片白云催犊返;风萧萧,雨洒洒,飘飘黄叶止儿啼。"山说水说白云说,都是为了让迷路的小牛回家;风飘雨飘黄叶飘,都是为了让哭泣的孩子停下。"美丽总是愁人的",但是美丽,一定会得到保护和珍惜吗?

很多年以来,很多人的心目中,杜月笙是上海滩上的所谓"三大流氓"之一。他派人暗杀过对立帮派的头目,在宋子文的家门前放过炸弹，在孔祥熙的家门口摆过棺材……但他也保护过张学良，帮助过素不相识的底层工人，在面对威逼利诱自己出任汉奸职务的日本人时，他理直气壮地说："我是一个中国老百姓，碍于国家民族主义，未敢从命！"最终，他娶了自己心中的女神孟小冬，并且对人说："我活了六十多年，对于男女之间的事体，向来只知道一个欢喜，根本不懂什么叫爱。现在我说出来你不要笑话我，直到抗战胜利的这几年，我才懂得爱与欢喜之间，距离大着呢。"

这"距离"，大概就是从梅龙镇，到正德帝那段西皮流水中唱到的"大姐不必细盘查，天底下就哇是我的家"的距离吧？其实，正德帝紧接下来的那段西皮流水唱得更加潇洒："好人家来歹人家，不该斜插海棠花。扭扭捏捏多俊雅，风流就在这朵海棠花。"

据说，杜月笙高兴起来时，也是很能唱上几句的，但他平时不唱。或者，那"抗战胜利的这几年"，也好比是他的海棠花了。那时，他在春风里有点怕人笑话似的，欲开口又未开口，却还是把头低下了，连带着，把腰也低下了。

毕竟，他和她，都老了！

观自在

春风十里

"……扬州路／一根微微泛青的枝条／伊人的乳名／正含苞／／春风十里／是扬州路的长度吗？／扬州路十里／伊人　隔山隔水的消息／弥漫　我和春天的距离。"（节选自《春风十里扬州路》）

大约三十年前，我写过一组关于扬州的诗歌：《豆蔻梢头的扬州（组诗）》。《春风十里扬州路》是其中的一首，发表于1993年7月号的《诗刊》。应该说，这组诗无论是组诗题目对于杜牧诗句"豆蔻梢头二月初"的化用，还是诸如"春风十里扬州路""二十四桥明月夜"等诗题对于其原诗句的直接引用，都呈现出一种向这位晚唐诗人"致敬"和"靠拢"的意思。现在回过头来，再看看当年的自己和当年的诗歌，那时候的语言是"微微泛青的"，那时候的情思是"隔山隔水的"，那时候对杜牧的了解并不像现在这样多，但是那时候，却偏偏与他有一种单纯的、似曾相识的亲近，和单方的、与生俱来的相知。

　　当然，千载之下的事，杜牧已然不知。所以，当代著名作家冯唐以《春》为题的那首短诗："春水初生／春林初盛／春风十里，不如你。"也好比是此时此地人散后、一弯新月如钩，却不碍彼时彼地，依旧是东风夜放花千树。据说，"春风十里，不如你"这句，还是个洁版的，冯唐先生原来的版本是"春风十里，不如睡你"。要我的兄弟来比较，他说：还是原版的好！一则，此句与陕北民歌中的名句"面对面睡着还想你"有得一比，更见情感浓烈、情思绮丽，明白如话、动人如画。二则，"春风十里，不如你"不过是几个名词的排列，无非是说春景不如"你"美丽而已；但"春风十里，不如睡你"却是几个动词的并举，把春风春雨的生发之意、化育之功和少男少女的情不自禁、琴瑟和鸣写得坦然质朴、香艳率真。正当如此，方能与杜牧之"娉娉袅袅十三余，豆蔻梢头二月初。春风十里扬州路，卷上珠帘总不如"句，各呈其妙、各尽其情。

　　作为宰相之孙、世家子弟，杜牧为诗为文，均属上乘，其四处为官，也是政绩斐然。史书记载，此公为政清廉，素无积蓄，结果到了晚年，甚至以中央组织部司长的身份，要求下派到杭州或湖州任市长，理由仅仅是因为：京官俸禄实在太低，养家糊口难以为继。毕竟，在地方上任职俸禄略高，而且，对于一个在西安出生的诗人来说："江南"，不仅仅是一个地理概念，更是一种文化表征。

　　是的，"日出江花红胜火，春来江水绿如蓝。能不忆江南？""江南"二字，或烟雨蒙蒙，或风日洒然，怎不让人诗意满满、情致绵绵？南北朝时的少数民族诗人陆凯到了江南之后，给远在西北的朋友写信，仅以"折花逢驿使，寄与陇头人。江南无所有，聊赠一枝春"四句，就写尽了"江南"意象中最为突出的"春"的特质。何况，还有那么多等在那里的友情、亲情和爱情？

那是杜牧刚刚考取进士不久吧？他在世交、也是自己的领导沈传师家中，结识了美丽聪慧的歌女张好好，两个人君未娶妾未嫁，郎情妾意，心心相印。然而，世事难料，造化弄人，张好好先是嫁给沈传师为妾，后来就音讯全无，再后来，沦落至当垆卖酒，生活悲苦。有野史说，又过了很多年之后，杜牧在长安抑郁而死，张好好闻之悲痛欲绝，瞒了家人到长安祭拜，想起了两个人之间相爱与别离的万般凄楚，竟自尽于杜牧坟前。

他们，会在另一个世界，再相遇、相知、相恋、相守吗？

《唐诗纪事》说，青年才俊杜牧同学游湖州，曾见一少女十余岁，形容清丽，楚楚动人。因少女尚年幼，故与其母相约：十年后定当前来迎娶。十四年后杜牧为湖州刺史，访得此户人家时，才知其女等候十年，并无消息，不得已嫁于他人并有二子。湖州杜市长长叹一声，作《叹花》诗一首：自恨寻芳到已迟，往年曾见未开时。如今风摆花狼藉，绿叶成阴子满枝。

正是在情感上太多的挫折太多的失望，才导致了杜牧的种种放浪形骸吗？"十载飘然绳检外，樽前自献自为酬。秋山春雨闲吟处，倚遍江南寺寺楼"；"落魄江湖载酒行，楚腰纤细掌中轻。十年一觉扬州梦，赢得青楼薄幸名"；"繁华事散逐香尘，流水无情草自春。日暮东风怨啼鸟，落花犹似坠楼人"……昔年，阮籍常爱坐一破牛车缓缓而行,没有车夫,没有方向,没有目标,没有仆从,只有一个疑似儒者的人如泥塑木雕般兀坐车上。不论那拉车的老牛是在官道直行,还是在羊肠小路迂回,总是等车到了路的尽头,或是有高山横亘于前,或是有深谷梗阻道路,这阮籍就全身颤抖,放声痛哭,直哭得天地变色,草木含悲,山谷震动,河流呜咽。哭完之后,任凭牛车拉着他循原路而回。这穷途末路的泣血之悲,是否也曾印证了多少青楼梦好、薄幸名存?

按《新唐书》所载,杜牧颇有历代高僧"预知时至"的神通,在去世前不久,为自己写了一篇非常简单的墓志铭,绝口不提红颜知己之人与事。并且,闭门在家搜罗生前文章,仅吩咐留下十之二三,余者,全部以火焚之……

火光冲天啊!一火过后,亦如春风十里之成为历史,白云苍狗,人非物是。再多的不舍和遥想,也都像是冯唐另一首诗写的那样——总是消失或者错过了,总是,《可遇不可求的事》吧:"后海有树的院子／夏代有工的玉／此时此刻的云／二十来岁的你。"

观自在

十万梅花

写下"梅"这个字时，立刻，就被一场大雪包围了。

好雪啊！

但是，但是你的江南还远在千里之外，我，要用什么样的比喻，才能让你明白？

一个人的一生只活到七十四岁，除去十八年的时间读书成长，剩下的五十六年用一半的时间吃饭睡觉，剩下的二十八年再用一半的时间为稻粱谋，最后，只有十四年自由支配的时间。在这十四年里，完成十万幅梅花图，平均一天要画二十幅还多一点。这个人，他每天都得经历多少场纷纷扬扬的大雪啊！正因如此，时人才称他为"雪帅"吗？他，就是彭玉麟，字雪琴，号退省庵主人、吟香外史，清朝著名政治家、军事家、书画家，湘军水师创建者、中国近代海军奠基人。

彭玉麟画梅，是为了一个叫梅姑的女子。这故事有多种传说，共同的意思是：他和梅姑少年相识，两情相悦，却因为种种原因不能结合。后来，梅姑嫁与他人，早早就死于痛苦抑郁之中。彭玉麟深深自责，立誓为梅姑画十万幅梅花。他的每幅梅花图上，都题有梅花诗一首。比如：平生最薄封侯愿，愿与梅花过一生。安得玉人心似铁，始终不负岁寒盟。比如：一生知己是梅花，魂梦相依萼绿华。别有闲情逸韵在，水窗烟月影横斜。比如：英雄气概美人风，铁骨冰心有孰同。守素耐寒知己少，一生惟与雪交融。比如：太平鼓角静无哗，直北旌霓望眼赊。无补时艰深愧我，一腔心事托梅花……每成一幅梅花图，必盖一章曰："伤心人别有怀抱，一生知己是梅花。"

——说到底，爱，和学道相像，是一种恒久的修炼。这道理，老子明白。他在《道德经》里说："吾言甚易知，甚易行。天下莫能知，莫能行。"为什么？他自己知道："上士闻道，勤而行之；中士闻道，若存若亡；下士闻道，大笑之。不笑不足以为道。"

在佛教里面，《五灯会元》也有同样的故事：道林禅师在秦望山的一棵松树上栖止修行，被称为鸟窠禅师。一天，诗人居士白居易请教他："如何是佛法大意？"禅师答："诸恶莫作，众善奉行，自净其意，是诸佛教。"白居易听后，很失望地说："这可是三岁孩儿也知道的道理呀！"禅师答："三岁孩儿虽道得，八十老翁却行不得。"

彭玉麟之前的梅花，本不是这样。据说，三国司马懿之孙、晋朝开国皇帝晋武帝司马炎院中有梅花树，最爱文人。每当武帝读书为文之时，梅花就开得繁盛，反之，根本不开花，所以，梅花有"好文木"之雅号。南北朝时陆凯赠诗曰："折梅逢驿使，寄与陇头人。江南无所有，聊赠一枝春。"则梅花又因"一树独先天下春"，成为春天的象征和友谊的载体。

到了唐代，梅花的内涵日益丰富，就有了深情，有了刚烈，也有了一种直下承担的智慧。李白有诗"黄鹤楼中吹玉笛，江城五月落梅花"，说的是一种终于错过之后的突然相见：你，已经走过了属于你的路；我，已经走过了属于我的路。偏又不是"你若是我的哥哥哟，你招一招你的那个手，你若不是我的哥哥哟，你走你的那个路"，而是这路上命中注定的相遇，然后是命中注定的心有脉脉的同行。那场漫天飞舞的雪花在哪里啊？而那温暖，却又如影随形，就像是，已经一起走过了几辈子……而黄檗禅师的"不经一番寒彻骨，怎得梅花扑鼻香"，以入世间的严酷来说出世间的解脱，似刀劈斧斫，不容人迟疑；倒是无尽藏比丘尼的"归来笑拈梅花嗅，春在枝头已十分"，温柔敦厚，自在无碍。

终生不仕不娶、自谓"以梅为妻，以鹤为子"的宋代诗人林逋，以一句"疏影横斜水清浅，暗香浮动月黄昏"，确定了梅花的清逸品格，终始于有宋一朝，几百年都没有改变，直到元代王冕的出现。作为出身草根的画家、诗人，王冕眼中的梅花是"冰花个个圆如玉，羌笛吹它不下来"，又是"不要人夸颜色好，只留清气满乾坤"。王冕是苦出身，受的教育并不多。但是中华文化的基因向来是在血脉中传承下来的，在异族的统治下，他知道梅花在坚持着什么，他知道自己在坚持着什么。

易宗夔的《新世说》曾这样描述中年的彭玉麟："貌清癯如闲云野鹤,出语声细微至不可辨。然每盛怒,则见之者不寒而栗。"原来,这雪帅彭玉麟却是与汉代张良相仿,系男生女相兼且有妇人形状。若以曾国藩《冰鉴》观之,想来,庶几其可矣?!故,曾国藩联赠彭玉麟有云:"烈士肝肠名士胆,杀人手段救人心!"又说:"彭玉麟拼命辞官,李鸿章拼命做官。"确实,在配合曾国藩共同立下了平定太平天国这样的大功之后,彭玉麟仍然继续辞官,最后,他不得已只接受了长江巡阅使这么一个"二线岗位"。

长江巡阅!这,应该和梅花开在积雪中有一样的风光吧?江风浩荡中,立在船头的老者,当还是那个白衣翩翩的少年啊!而十万梅花,也自然抵不过郎骑竹马来,仅仅是,那一瓣梅花、那一个姑娘,端然地,映照在窗外……

观自在

蝴蝶与歌声

现代诗中,时有把蝴蝶比作飞舞的花朵之喻。按庄子的逻辑,这蝴蝶或者也会不会想到:是我这蝴蝶做梦,静止下来,停在枝上变成花朵?还是那花朵做梦,飞将起来,舞在空中变成了我蝴蝶?

把蝴蝶和歌声放在一起说,又当有另一层意思。20世纪80年代,乔羽老爷子写过一首歌《思念》:"你从哪里来,我的朋友／好像一只蝴蝶飞进我的窗口／不知能作几日停留／我们已经分别的太久太久……"据说,这是老爷子耗时最长的一首歌词,从起心动念到构思完成,用了整整25年时间。早在1963年初夏的一天,乔羽在家中打开窗户,忽然飞进一只蝴蝶。它在屋里绕了几圈,又从窗口飞出,老爷子目送着它消失在远方之后,豁然有悟,却又不知所出,直到1987年提笔咏叹友谊时,才重新开启了心底的记忆,成就了这首经典好歌。当然,这个"你",未必只是指蝴蝶或爱人,它也可以是代指漫漫长路，也可以是代指迢迢岁月。于是，蝴蝶和歌声，也好比说的是天地山川锦瑟年华的背景下，我们为世界和时光所感动，继之，再把自己的生命融会于感动过我们的世界和时光之中。

陶渊明论音乐，有所谓"丝不如竹，竹不如肉"之说。曾有人问他："为什么弦乐不如管乐？管乐又不如人声？"老陶答："渐近自然。"这四个字说得真是好！对人而言，以丝以竹做乐器，当然不如用自己的肉嗓子做乐器更自然。恐怕，这话就是让庄子听了，也会颔首称是！因为，说起庄子的歌声，那本也名闻千古、惊世骇俗。《庄子·至乐》上说："庄子妻死，惠子吊之，庄子则方箕踞鼓盆而歌。"庄子的妻子逝世，他的老朋友惠子听说之后赶紧前往庄家吊唁。可是当他到庄家的时候，见庄子正岔开两腿，像个簸箕似的坐在地上，敲着瓦盆唱着歌。这种场景之下的这种歌声，本来难得听闻、本来令人不忍，可你若是能够想到：这庄子不过是只蝴蝶在梦中变过来的，那，你又何奇何怪之有呢？

庄子与天地万物皆亲，所以，就不会独亲其亲之"生"，而不亲其亲之"死"。由这位道教的祖师爷先开了头，后世之学人，自然是茅塞顿开、纷至沓来。像那李白，本是道教的行者，老庄的粉丝，故写起敬亭山时，也端的气定神闲，清虚冲淡！那《独坐敬亭山》说的是："众鸟高飞尽，孤云独去闲。相看两不厌，只有敬亭山。"他与鸟亲，所以，那众鸟飞尽，他为之欢喜；他与云亲，所以，那孤云独去，他也被感染了闲适；他与山亲，所以，他与山如如不动，相互观照，两下里"我见青山多妩媚，料青山、见我应如是。情与貌，略相似"！

　　李白这"相看两不厌，只有敬亭山"，固然是道人情怀，不过，也并不妨碍儒者的英雄所见略同。在李白去世十年后出生的又一位李姓文学家、哲学家，唐代大儒李翱，虽一生崇儒排佛，作《复性书》三篇，论述"性命之源"等问题，为后来道学的发展奠定了基础，却在《赠药山高僧惟俨之二》诗中写到："选得幽居惬野情，终年无送亦无迎。有时直上孤峰顶，月下披云啸一声。"撇开知人论世不说，他应该真是把那药山惟俨禅师，也当作了孤峰顶上的石头或者飞鸟了。

　　20世纪90年代，听小虎队唱《蝴蝶飞呀》："梦是蝴蝶的翅膀／年轻是飞翔的天堂／放开风筝和长线／把爱画在岁月的脸上／心是成长的力量／就像那蝴蝶的翅膀／迎着风声越大／歌声越高亢／蝴蝶飞呀／就像童年在风里跑／感觉年少的彩虹／比海更远／比天还要高／蝴蝶飞呀／飞向未来的城堡／打开梦想的天窗／让那成长更快更美好"……忽然想起乔羽老爷子写《思念》，他老人家那二十五年的时光堆积起来，也不知，又为谁，造了一座敬亭山？

雨打梨花

梨花素雅，因为那洁白本是供别人来表现的底色。她自己，原无所求，亦无所惑，她只是沉静地把自己安放在那里而已。孔子论诗时说，"绘事后素"，其实就是在教育弟子们：人，需要有美好的质地。

美好的东西容易受伤害。这，有违于天理，却又符合规律。比如，"木秀于林，风必摧之"；比如，乾卦六爻之中，九五之"飞龙在天"正是花枝春满、天晴月圆之际，可是紧跟着就是上九之"亢龙有悔"；又比如，"雨打梨花"，花开正好的时节，偏会有雨打湿了美人的心事，更打湿了岁月的容颜。可是，天下人天下事，每多一种遗憾，也如江湖好汉归隐之后闲话当年，即便早知如此，仍是不悔当初。

《红楼梦》第二十八回：宝玉赴冯紫英家宴。席间，宾客们各行酒令。轮到宝玉时,他先是唱了那段著名的"滴不尽相思血泪抛红豆,开不完春柳春花满画楼。睡不稳纱窗风雨黄昏后,忘不了新愁与旧愁。咽不下玉粒金莼噎满喉,照不尽菱花镜里形容瘦。展不开的眉头,捱不明的更漏。呀!恰便似遮不住的青山隐隐,流不断的绿水悠悠"。然后,"宝玉饮了门杯,便拈起一片梨来,说道:'雨打梨花深闭门',完了令。"这二十八回的内容,本就情节曲折,且于宝黛木石前盟的前世今生之外,又伏下了宝玉、宝钗和蒋玉菡、袭人的两组婚姻大事,实是字里行间都有苍凉在、都有血泪在。若把一部《红楼梦》从后往前再看,足以令人唏嘘!所以,那宝玉以一句"雨打梨花深闭门"完令,当承载了雪芹公的大悲大恸。是说令人一哭吗?是!是说令天下有情人且把那春花正好的时刻看淡吗?是!须知,到了雨打梨花时纵然无雪,也称得上是"白茫茫大地真干净"啊!

汉高祖刘邦,在当时和后世,都是众说纷纭的一个人物。他和项羽争天下时,项羽把刘邦的父亲抓来当人质,派人对刘邦说:"你现在如果不投降,我就杀掉你爹煮了吃。"刘邦说:"你我约为兄弟,我爹就是你爹。如果你烹杀你的爹,请分我一杯羹!"如此语言如此逻辑如此心态,倒是像极了剑斩"白帝子"的"赤帝子"——果然是蛇而非人啊!但是,当他一统天下荣归故里大宴父老乡亲时,这位当年喝酒欠账的刘亭长却说了感人至深的一段话:"游子悲故乡,吾虽都关中,万岁后吾魂魄犹乐思沛。"漂泊的游子啊,总是怅望故乡,思念故乡!现在,我虽然定都关中,常住在那里,但是我死了之后,我的魂魄还是热爱故乡思念故乡啊——或者，我们也可以据此说：刘邦的故里沛丰邑，永远，是他的那一树梨花？

当年，佛陀大败魔王。魔王波旬说："你等着，等到了末法时期，我叫我的徒子徒孙也去出家做和尚，穿你的袈裟，毁你的佛法……"佛陀听了久久无语，两行热泪缓缓流下。我看这故事时，正是暮春天气，突然真就感觉到了室内的雨横风狂！是啊，几千年过去了，也不知道梨花，还是不是原来的模样。

其实，梨花也可以当作时光看的。李重元《忆王孙·萋萋芳草》说："萋萋芳草忆王孙，柳外楼高空断魂，杜宇声声不忍闻。欲黄昏，雨打梨花深闭门。"宋词中常用的词汇，常见的意象，常有的情怀，常存的感伤，只因了一句"雨打梨花深闭门"，就惊艳了院内的时光，也惊艳了时光的影子，以及，像影子一样若有若无的梨花香。

有宋一代词人之中，写影子最为人知的自然是"张三影"。"张三影"名张先，因为他的《行香子·舞雪歌云》中有句："江空无畔，凌波何处，月桥边、青柳朱门。断钟残角，又送黄昏。奈心中事，眼中泪，意中人"，人都叫他"张三中"。他听了之后，对人说："既然这样，为什么不称我'张三影'呢？我那'云破月来花弄影''娇柔懒起，帘幕卷花影'和'柔柳摇摇，堕轻絮无影'这三句得意之词，哪个'影'字用得不精彩？"

老张说得对！三个"影"字确实精彩。此公与柳永齐名，擅长小令，亦作慢词。以论者观之，其词意象繁富，内在凝练，于宋代婉约词史里影响巨大，特别是在词由小令向慢词的过渡中是一个不能忽视的功臣。据说，老张在 80 岁时还娶了一个 18 岁的小妾，他的好友苏东坡调侃他："十八新娘八十郎，苍苍白发对红妆。鸳鸯被里成双夜，一树梨花压海棠。"一个"压"字，意味无穷！又据说，这小妾八年间为他生了两男两女，也算是不负老张重托。八年之后，老张去世。纵观老张一生，共有十子两女，年纪最大的大儿子和年纪最小的小女儿相差六十岁。老张死时，他的那个小妾哭得死去活来，几年之后也郁郁而终。

　　三十年前，广东歌手周峰把一曲《梨花又开放》唱遍了全国。三十年后，那么多唱歌的男男女女像是一夜之间突然省悟过来，遂你来我往、竞相翻唱。乍听之下，也仿佛三十年的时间，不过是，另外一个春天。但是归根到底，这雨打梨花，总是人间的事情啊！要么，是"两行滚滚泪水，流在树下"；要么，是英雄迟暮，抬眼看：也无了瘦马，也无了天涯。

欺天乎

听京剧《徐策跑城》，听周信芳。那是独属于麒麟童的亦唱亦白，苍凉、浓烈，一字一句都不轻易放过，又绝不含糊粘连，却也称不上是珠圆玉润，但它一定是经历过世事看穿了因果的笃定——"湛湛青天不可欺，是非善恶人尽知。血海的冤仇终须报，且看来早与来迟……"这样的曲牌，只能叫作："高拨子"；这样的口吻，只能叫作："修辞立其诚"！

这个世界上，总是充斥了太多扬扬自得的无情，无理，无行，无良……无可奈何啊！幸好，有湛湛青天；又幸好，有圣人遗训，我们终于得一"诚"字可守。

孔子晚年时，曾患重病。他的弟子子路认为：老师虽已是离退休干部，仍应该像在位时一样享受"最高人民法院院长"待遇。于是，就安排师弟们充任孔子的家臣，负责料理各项事务。后来，孔

观自在

子清醒过来知道了这个情况，非常生气："子路总是喜欢干这种弄虚作假的事情！我现在明明不应该有家臣，却偏偏要装作有家臣，我骗谁呢？欺天乎？"

想起自己小时候，因为不做作业，对老师撒过谎；因为成绩差，对家长撒过谎；因为好虚荣，对同学撒过谎……也曾心惊肉跳地暗叫一声侥幸，也曾不知羞耻地自以为得计，现在想来，不过是欺骗了自己和岁月，欺骗了那时候的山川、空气和草尖上晶莹的露珠。

晚年的李鸿章回顾自己的一生时说："我老师曾国藩仅教我一个'诚'字，就使我终身受益无穷。"那是在曾国藩因为处置"天津教案"，引起了朝野上下千夫所指之后，朝廷又派李鸿章前去收拾残局。李鸿章请教自己的这位老师兼老领导："您看，这事咋办好呢？"曾国藩就问他："你跟外国人打交道，打算用什么方法？"李鸿章说："我想与洋人交涉，不管什么，只同他打痞子腔。""痞子腔"者，安徽方言也，意为油腔滑调、出尔反尔耍无赖也！曾国藩教他："不可！你要跟他们用一个'诚'字。外国人也是人，人，总是愿意讲道理。孔圣人讲过：说话忠诚守信，行为敦厚恭敬，即使在蛮荒不开化之地，都能行得通。"

说起来，曾国藩是真懂孔子。真懂孔子的人，既不拘泥，更不虚伪，他用一种"换你心为我心"的真诚来做人做事，因此，"己所不欲，勿施于人"；因此，"己欲立而立人，己欲达而达人"；因此，恰恰可以成就了人成就了事！想想后世的儒家学说和孔子的形象，之所以在有些人的口中心中那样不堪，除了他们的无知和误解之外，实在也是源于一班假道学的歪曲和破坏。

　　北宋以武开国，赵普自称只读得半部《论语》即被拜相，正在于他以自己的耿直素朴，真正体会了"诚"之一字的精义。《宋史·赵普传》里说，他曾经上奏章推荐某人担任某职。但是，太祖对此人不以为然，就没有理会此事。第二天，赵普又一次呈上奏章举荐此人，太祖虽生反感，也还是给了老赵面子，没吭声，心想：我不搭理你，你应该有数了吧？结果到了第三天上朝，赵普再一次呈上奏章举荐此人，太祖大怒，把赵普的奏章撕碎了扔在地上。赵普显然是久经阵仗，完全不失君臣的礼数，人家恭恭敬敬地跪在地上，非常从容地把碎纸片捡起来带回家。过些日子，他把这些旧纸片补缀起来，仍像当初一样拿去上奏。太祖不明觉厉，思忖再三，最终用了此人。这故事，讲的就是赵普之"诚"：他诚于自己的眼光，诚于别人的才干，诚于国家的事业。一句话，他诚于"天"，他的半部《论语》告诉他说："天何言哉？四时行焉，百物生焉。"儒者之"诚"，端在把心用正，真正去经国济世，服务万民。

　　不过，真要活到"诚"的境地，其实极不容易。佛的十大弟子之中，阿难以"多闻第一"著称。比如，佛在何时何地讲了什么，其他人如何请教如何应对等等，阿难都能绘声绘色、一字不差地音画再现。但即使如此，他在佛住世期间，还是不能悟道。当佛示寂几年之后，有一天他向迦叶，也就是继承了佛衣钵的掌门师兄请教说："师兄，佛陀除了传您金斓袈裟之外，另外还传了您什么佛法呢？"迦叶突然喊了一声："阿难！"阿难刚刚答应一声，这迦叶就说："你呀，去把庙门前的那根旗杆放倒！"于是，阿难终于悟道了。

阿难悟到了什么？张说、李说，佛见、魔见，对于一个修行求道的人而言，都是外缘。到底能不能得"道"，最后，都是要看你阿难说、阿难见。自己的"说"和"见"，或者可以欺人，却欺不了"天"。这"天"，固然是山川大地、日月星辰，更是修行者的慈悲心、清净心、智慧心乃至无边无量的湛然常寂之心。

1965年，江青到上海京剧院"抓现代戏"，让上海京剧院全部停下锣鼓，单打一地搞她的"样板戏"。时任上海京剧院院长周信芳严正指出："这是劳民伤财，耽误演员青春。"最后，他终因《海瑞上疏》一戏被诬蔑为"大毒草"而受到迫害。但是，这个以《徐策跑城》闻名天下的京剧表演艺术家，对得起他的代表曲目，对得起他的麒派艺术，他用自己的生命，唱了一出"湛湛青天不可欺"……

江南春

少年男女两相爱悦，真是美好！我从知慕少艾时起，每见俊男靓女天造地设一样，又般配，又好看，心中就暗暗喝一声彩，那是真心实意地为别人高兴！这种与己无关的欢喜，来得既快，感染力也强，直叫刹那之间山川竞秀，风月无边，让人且把那车水马龙的闹市一角，也当作莺莺燕燕，春到江南。

这"江南"一词，在中国文化里，向来有着远非地理概念方面的含义。唐代韩愈所谓"古称多感慨悲歌之士"的燕赵之地，也就是现在的河北地区，有一著名民歌《小放牛》，其表演起来，也是一样莺歌燕舞、柳绿花红。那牧童对村姑，是一见钟情，看到她："头上戴着一枝花／身上穿的是绫罗纱／柳腰儿细一掐掐／走起路来多利洒／我心里想着她／我口里念着她／这一场相思病害煞"……这之后，所有的心心念念就进入了所有的对白与对唱，那也无非就

观自在

是一朵花开,一阵风来,一天的云彩嘻嘻哈哈,看着两个孩子一会儿假聪明,一会儿真装傻,就把个晚唐诗人杜牧所说的"千里莺啼绿映红,水村山郭酒旗风"演绎得绿水青山,情意绵绵。最后,牧童哥唱道:"你家门前有道桥,有事无事我要走三遭!"那村姑心中高兴,嘴上却威胁他:"你休要走来休要走,一失足把你就掉下了桥。"牧童答唱:"失足掉下桥,那时也无妨,变一个小鱼儿在水边藏,单等妹妹来汲水,扑愣愣溅湿你的绣鞋帮。"村姑再次威胁:"溅湿了绣鞋帮,那时也无妨,我家弟弟是一个打鱼郎,三网两网网住了你,吃了你的肉来喝了你的汤!"如此循环往复地表白和威胁,随物推衍地应机而唱,也仿佛岁月荒荒,正宜地久天长,直唱到两个人合唱"不论生来不论死,生生死死也要配成双",更如同在"南朝四百八十寺,多少楼台烟雨中"的了然和惆怅里,成就了多少好事,也烟雨了多少历史。

开天辟地以来,千古兴亡之事,由渔樵闲话道出,本就是历史的真境界,也是人生的真平常。杜牧的这首《江南春绝句》,既是千古传诵、风流蕴藉的名篇,也是可以让民间的小儿小女调情拌嘴、笑语晏晏的俚曲,可是唯其如此,诗意的传承才能真正地浸入生命,王朝的兴替才改变不了天下的一如。

从前,有个非常用功的老和尚住在简陋的茅棚里修行。他熟读经书,通晓佛理,特别对于"平常心是道"一句极有心得。于是,就在茅棚的门上写"心"字,在窗上也写"心"字,在墙上还是写上"心"字……一言以蔽之,这位老和尚在自己的触目所及之处,尽都写上了"心"字。他希望通过这种办法,来时时提醒自己:

"平常心是道。"法眼文益禅师听了别人讲到这位老僧的故事,说:"需要这样吗?我看,真正的'平常心是道',就是在门上写'门'字,在窗上写'窗'字,在墙上写'墙'字……"

同样,真正的"江南春"岂非也是如此?声音和色彩,酒香和暖风,再加上南朝的烟雨,再加上烟雨中古老的寺院——当所有的一切都有自己的使命、自己的方式,即使不著一个地名不著一个春字,就仅仅让世间万物都成为自己,任何一个空间和时间,又怎能不会坚持着自己本来的样子?

也同样,不论是明代杨慎在《升庵诗话》中所谓"千里莺啼,谁人听得?千里绿映红,谁人见得?若作十里,则莺啼绿红之景,村郭、楼台、僧寺、酒旗,皆在其中矣";或者是清代何文焕在《历代诗话考索》中所谓"即作十里,亦未必尽听得着、看得见。题云《江南春》,江南方广千里,千里之中,莺啼而绿映焉,水村山郭无处无酒旗,四百八十寺,楼台多在烟雨中也。此诗之意既广,不得专指一处,故总而命曰《江南春》";还是今人刘永济在《唐人绝句精华》中所谓"盖古诗人非如后世作者先立一题,然后就题成诗,多是诗成而后立题。此诗乃杜牧游江南时,感于景物之繁丽,追想南朝盛日,遂有此作。千里之词,亦概括言之耳,必欲以听得着、看得见求之,岂不可笑!"等等,他们心中那或者十里,或者千里的江南春色,与诗人杜牧的眼中所见、心中所思,又有何干涉?而且,纵有法眼文益禅师再来,江南之地又何处可写"江南"二字?千里迢迢又哪里好写"千里"二字?何况莺啼?何况绿映?何况花红?

观自在

1954年，诗人郑愁予在他的名篇《错误》里写"我打江南走过／那等在季节里的容颜／如莲花的开落"。根据诗人自述，这首诗源于战争，是他以自己的母亲为原型所写。在当年的兵荒马乱之中，他的母亲、那有所等待的女子，和他的父亲、那天作之合的男子，他们曾经隔山隔水、天各一方，她的期许每每如莲花之开，她的失望总是如莲花之落。而"东风不来，三月的柳絮不飞／你的心如小小的寂寞的城／恰若青石的街道向晚／跫音不响，三月的春帷不揭／你的心是小小的窗扉紧掩"。终于啊，"我达达的马蹄是美丽的错误／我不是归人，是个过客……"透过母亲的江南，郑愁予明白，一个人若想永远守住自己的十八岁和十八岁的江南，正好比是一匹马，想要从马头走回自己的尾巴。那如果不是美丽的错误，又怎么能解释清楚，如此智慧的糊涂？

郑愁予在台湾写这首诗之前，应该听过那首台湾民谣《望春风》吧！"听见外面有人来／开门加看觅／月娘笑阮憨大呆／被风骗不知"。真的，就"被风骗不知"吗？杜牧说：多少楼台烟雨中……

夜夜抱佛眠

读《齐物论》,想象庄子其人,想象他就是那个南郭子綦:就那么萧然,就那么懒散,就那么满脸都是浑不吝地坐在你的对面……

真的,就"过尽千帆皆不是"了吗?

"偃,不亦善乎,而问之也!今者吾丧我,汝知之乎?"我说偃啊,你这个问题不是问得很好嘛!可是,可是现在我把"我"丢了,你知道不?

《说文解字》释"我","从戈",本意为一种长柄的进攻性武器。执了这"我",可壁垒森严,可略地攻坚,可恃强凌弱行一己之私,可假正义之名逼人就范……因了这种种特性,"我",渐由武器演变成第一人称代词。庄子有大智慧,他把"吾"和"我"分得明明白白清清楚楚,他多么盼望:有多少人想要强大这个"我",

就真能有更多更多的人，想要丢弃这个"我"！

唐伯虎写过一个《伯虎自赞》："我问你是谁？你原来是我。我本不认你，你却要认我。噫！我少不得你，你却少得我。你我百年后，有你没了我。"老唐自然深谙佛理，却同时也是庄子的知音。他知道，从根本上说，那个"你"才是"真我"；那个"我"，不过是沉重的一百多斤肉和附在上面的各种妄想执着所聚合的"假我"。

当年佛教进入中国时，翻译佛经的人，多为对儒、道两家都极为精通之学者。所以，儒道释之间在很多的概念和内涵方面，本就有着与生俱来的渊源。中国维摩禅祖师，南朝梁代禅宗著名尊宿，义乌双林寺始祖，与达摩、志公并称"梁代三大士"的傅翕傅大士，有一首著名的偈子："夜夜抱佛眠，朝朝还共起。起坐镇相随，语默同居止。纤毫不相离，如身影相似。欲知佛去处，只这语声是。"他抱的"佛"是谁？就是这个"真我"呀！

但是，身处于万丈红尘和喧嚣物欲之中的我们，又有多少时候能够真正地丢掉那个"假我"呢？这人说道，"醉里挑灯看剑，梦回吹角连营。八百里分麾下炙，五十弦翻塞外声，沙场秋点兵。马作的卢飞快，弓如霹雳弦惊。了却君王天下事，赢得生前身后名。可怜白发生"；这人说"东风夜放花千树，更吹落，星如雨。宝马雕车香满路。凤箫声动，玉壶光转，一夜鱼龙舞。　蛾儿雪柳黄金缕，笑语盈盈暗香去。众里寻他千百度，蓦然回首，那人却在，灯火阑珊处"；这人又说"身世酒杯中，万事皆空。古来三五个英雄。雨打风吹何处是，汉殿秦宫"……最后，这人说道："我见青山多妩媚，料青山、见我应如是"——谁是辛弃疾的青山啊？谁又是,那个见到青山的、辛弃疾的"我"?

"醉里不知谁是我,非月非云非鹤。"辛弃疾探究的"我",轻如月色、如云影、如鹤鸣,亦轻如罗大佑"轻飘飘的旧时光"。但是,却都决然不是。或者,只在一低头一闪念间,会有一次猝不及防地相见?那一年,辛弃疾被削职,闲居于江西上饶带湖附近。这天,他在博山附近的雨岩游玩。正临溪而行时,蓦地发现:"溪边照影行,天在清溪底。天上有行云,人在行云里。"他知道,自己认清那个"我"了。

孔子说:"智者乐水,仁者乐山。"一个人面对流水,面对上善的德行或者远去的时光,总是应该会更容易回头更容易看清楚自己吧!《瑞州洞山良价禅师语录》载:"(洞山良价禅师)后因过水睹影,大悟前旨,有偈云:切忌从他觅,迢迢与我疏;我今独自往,处处得逢渠;渠今正是我,我今不是渠;应须恁么会,方得契如如。"

禅宗二祖慧可付法给三祖僧璨后,即前往邺都,随形就化,便宜说法。而且,不管是歌楼瓦舍,还是酒肆屠门;不管是引车卖浆之徒,还是学富五车之士,都能观机逗教,以致四众皈依。有人就问二祖:"您是个出家修行佛道的人,本应严守出家人的戒律,怎么可以出入这些不干不净的地方、结交这些三教九流的人物呢?"二祖回答道:"我自调心,何关汝事?"禅门中人,具正眼者,不管是临水照影,还是出入红尘,若论勘一"我"字,果然都是"不二法门"!

又,就文字而论,当一个人去掉了自己身上本是古代杀器的

"我",剩下的那个"真我",岂不正是个慈悲之我、智慧之我?所以,辛弃疾的《重午日戏书》云:"青山吞吐古今月,绿树低昂朝暮风。万事有为应有尽,此身无我自无穷。"这是他对自己在福建任上再次被弹劾罢免的态度,这也是他对天地宇宙和世道人心的超越性参悟。细细品来,有一种旷达在,也有一种孤单在。

　　真的是孤单吗?好像,又不尽然!对于深刻的感受而言,不管是快乐还是忧伤,是不是都会有一种不舍又有一种不甘,又有一种说不出来的不情不愿?比如傅大士的"夜夜抱佛眠"。本来已是"也无风雨也无晴"了,又何必去多想,那不知是谁的、一笑而过?

紫金文库

长干行

  长干这地方，有时候可以代指南京，更多的时候，是指现在南京的秦淮河以南至雨花台以北一带。据说，早在春秋战国时期，长干里一带已经是南京人口最密集地区，经历了秦、汉、六朝之后，更成为著名的烟柳繁华之地。所以，在乐府《杂曲歌辞》中有"长干行"或作"长干曲""江南曲"，这本是虽有三个相异之名而实则相同的一种曲调。

  历史上，写长干行特别著名的诗人有两位，一为崔颢，一为李白。像李白这种豪气干云的诗人，轻易不服输。不过，他在武汉黄鹤楼时，很是给了崔颢的面子。话说也在想当初，老李对酒当歌之余，提着笔激情澎湃地准备题诗一首，抬头一看，只见老崔那首著名的"昔人已乘黄鹤去，此地空余黄鹤楼……"正在楼壁上熠熠生辉呢，品味再三，不由得心中叫绝！接着，就很郁闷，悻悻地说了

观自在

一句："眼前有景道不得，崔颢题诗在上头。"把笔一扔，走了！不过，他走是走了，人虽然是下得楼来，气可没消下去。后来，正好遇到了一位姓韦的老朋友，立刻顺手写了一首《江夏赠韦南陵冰》，里面恶狠狠地嚷嚷道："我且为君槌碎黄鹤楼，君亦为吾倒却鹦鹉洲。"也总算是出了一口憋屈之气？

人和人的相知相亲中，若加了些嫉妒和怨恨，自有一种热闹的真实和尘世的喜庆。写诗的李白虽是谪仙人，但喝起酒来和生起气来的时候，也不见得比我兄弟高明！可正因为如此，更让人觉得他的可爱可敬。

有学者考证，李白曾到南京四次。但是，他每次的金陵之行都不像是过客，却像是归人："风吹柳花满店香，吴姬压酒劝客尝。金陵子弟来相送，欲行不行各尽觞。请君试问东流水，别意与之谁短长？"这是他第一次来南京，这一年，他二十五岁。从二十三岁开始，他就开始了仗剑远游的生涯。这一次，他是穿越了大半个中国来南京喝酒。他在这里，和朋友对坐，和春天干杯，他用自己的诗歌和一个江南姑娘的微笑比赛温暖，即使是离别就在眼前了，可是，他的忧伤是多么明亮啊！

也就是在这一次，他像一个土生土长的南京人一样，写下了著名的《长干行》二首，像是在回忆自己小时候的故事，也像是长大以后的某个夜晚，跟陌生的人要了一支兰州，点燃后，深深地吸了一口，再叹息着说："爱上一匹野马，可我的家里没有草原，这让我感到绝望，董小姐。"

"郎骑竹马来，绕床弄青梅。同居长干里，两小无嫌猜。"李白

《长干行二首》和崔颢《长干行四首》的最大不同，就在于前者是在"经历"，而后者是在"记叙"。或者说，和崔颢的观察、吟咏不同，李白一直在感同身受地体会着、全心全意地投入着……

李白当然应该投入！一个人从千万里之外来到另一个地方，却像是回到了自己的家乡：好诗，好友，好景，好酒……好姑娘身上的环佩叮当，也好比是四川菜的麻辣鲜香，当然应该有情感的投入在其中，当然应该有生命的投入在其中。

走得太远的人，会被人家看作浪子的。但是，你若是想到：他可是带着故园的山长水远、日月星辰呢！何况，他这一步一步地远游，不也正是一步一步地在拓展着自己的家乡？何况，他这一句一句地吟唱，不也正是一句一句地把那蜀地的音韵都挥洒成了江南的月光？

是啊！"江南可采莲，莲叶何田田。鱼戏莲叶间。鱼戏莲叶东，鱼戏莲叶西，鱼戏莲叶南，鱼戏莲叶北。"闻一多先生在《说鱼·探源》中写道：鱼是生殖力最强的一种生物，所以在古代，把一个人比作鱼，在某一意义上，差不多就是恭维他是最棒的人，而在青年男女间，若称其对方为鱼，那就等于说："你是我最理想的配偶！"

于是，李白的漫游与吟唱，也就如同了一条鱼的东西南北——原来，他一直都是游在爱的路上啊！

说到爱，爱因斯坦给女儿的临终遗言可能是最让人为这一个"爱"字而动容的。他说："因为爱，我们才活着，因为爱，我们死去。爱是上帝，上帝就是爱。"他并不理会，很多年以前，斯宾诺

观自在

沙曾经问过:"上帝,是在世界之内,还是在世界之外?"

这问题非常难答。好像,意大利诗人但丁在写《神曲》的时候,顺便答过一次。那是在《神曲》的收尾之句了,他说:"是爱也,动太阳而移群星。"

那当然并不是一个专门的答案!而且,说那是答案也未必有意义,又而且,也许这问题的提出本就无礼。关于"内""外""远""近"这些问题,倒是佛教最喜欢讨论,也最喜欢回答。《六祖坛经》上说:那西方净土,"若论相说里数,有十万八千,即身中十恶八邪,便说是远。"但是,如果"先除十恶,即行十万,后除八邪,乃过八千。念念见性,常行平直,到如弹指,便睹弥陀。"每个人身上十恶八邪的种种毛病,就构成了我们和西方净土的十万八千里距离;若除去了这十恶八邪的种种毛病,心心念念都是慈悲智慧,清净佛土当下现前!

不过,恐怕李白也根本没想那么多!他写《长干行》,或者不过是在写自己,写自己和天地光阴的青梅竹马,写自己和人世风景的相亲相融,当然也就写到了自己的孤单,当然也就写到了自己的失落——在天地光阴和人世风景里,总是充斥着太多的孤单和失落啊,好在,李白率先垂范,他教会了天下所有的孩子们:

举头望明月,低头思故乡。

一瓢饮

读金庸《天龙八部》，极喜扫地僧，安安静静地守着藏经楼，守着满地的落叶和半山的松涛，守着恩怨情仇的来来往往，也守着自己的一身绝世武功，就把悲欣交集的人生也过成几十年静水深流的枯寂岁月。多大的定力啊！总是不惊不喜的日常，才配得上好花好朵好姑娘。

当然还有好时光！

是的，就像李三郎的词一样："莫倚倾国貌，嫁取个，有情郎。彼此当年少，莫负好时光。"你呀，不要倚仗着自己有倾国倾城的美貌，趁着大家正当年少，就像个普通人家的姑娘一样，早点嫁了吧，嫁给那个对你有情有义的情郎，别辜负了你们最好的时光！

这李三郎当然是花名。这位仁兄本名李隆基，也就是大家熟知的、杨贵妃杨四姐的男朋友唐明皇。《开元轶事》上说："明皇谙音律，善度曲。尝临轩纵击，制一曲曰'好时光'。方奏时，桃李俱发。后所度诸曲皆失传，唯'好时光'一阕仅存。"

清歌一曲，桃李芬芳，日常也是惊艳，皇上也是三郎。顺着河流走下去，必定会见到海洋，但是，谁，在河流拐弯的地方，迷失于竹林里的月光？

读《红楼梦》第九十一回，每每沉迷于黛玉和宝玉的禅语问答。

黛玉乘此机会，说道："我便问你一句话，你如何回答？"宝玉盘着腿，合着手，闭着眼，嘘着嘴，道："讲来。"黛玉道："宝姐姐和你好，你怎么样？宝姐姐不和你好，你怎么样？宝姐姐前儿和你好，如今不和你好，你怎么样？今儿和你好，后来不和你好，你怎么样？你和他好，他偏不和你好，你怎么样？你不和他好，他偏要和你好，你怎么样？"宝玉呆了半晌，忽然大笑道："任凭弱水三千，我只取一瓢饮。"黛玉道："瓢之漂水，奈何？"宝玉道："非瓢漂水，水自流，瓢自漂耳。"黛玉道："水止珠沉，奈何？"宝玉道："禅心已作沾泥絮，莫向春风舞鹧鸪。"黛玉道："禅门第一戒是不打诳语的。"宝玉道："有如三宝。"

小儿小女指天画地，山盟海誓，你侬我侬，你知我知，偏又是两个人相约到扬州看琼花去，却到底从伊梨那边绕了一个大圈子。黛玉的"巧"自不必说，宝玉的"拙"更是让人心疼让人心仪。

想着宝玉的"一瓢饮"，想着李三郎的"一瓢饮"，也想那扫地僧，他应该自有他的"一瓢饮"吧？因想起另外两个青年男女的故事。

那一年，他22岁，文雅、忧郁。她23岁，性格开朗、热力四射。他们第一次见面，她没有像一般的小女生那样羞怯问好，她很认真地对他说："我曾外祖母是你曾祖父的情妇，你怎么看？"他们各自成家，各有各的生活。但他们一直热烈地爱着，并把热烈而又秘密的爱情延续了半个世纪。这中间，他曾经打电话给她说："我愿意做你的卫生棉，住到你的身体里去。"

半个世纪后，他们终于走到了一起。他是查尔斯王子，全名查尔斯·菲利普·亚瑟·乔治·蒙巴顿—温莎，现任英国王储。她叫卡米拉·罗斯玛丽·尚德，现英国王室康沃尔公爵夫人卡米拉殿下，前称卡米拉·帕克—鲍尔斯，本姓珊德，是英国王储查尔斯王子在2005年4月9日以公证结婚方式所迎娶的第二任妻子，这也是她自己的第二次婚姻。

在中国民间，关于爱情的故事总是以大团圆的结局居多，即使男女主人公死了，化成蝴蝶也要在一起！从蝴蝶到卫生棉，又怎么能够不叫人唏嘘感叹——果然是"东海有圣人出焉，此心同也，此理同也。西海有圣人出焉，此心同也，此理同也。"

这万里之外的"一瓢饮"，恰与苏东坡说《易经》好有一比。世人皆知东坡居士精研政治、文学、书法、佛理，少有人知苏先生所著《东坡易传》的妙处。他释"乾"卦"初九"爻辞"潜龙勿用"时说：

"'乾'之所以取于'龙'者，以其能飞能潜也。飞者，其正也，不能其正而能潜，非天下之至健，其孰能之？"

"乾"卦之所以取象于"龙"，因为龙既能飞于天，又能沉于水。飞于天是龙应有的位置，可是当龙一时之间不能得到应有的位置，那就沉于水下。如果龙不是天底下第一刚健的，谁又能够做到这样？

苏轼去世前两个月，为自己的画像题诗："心似已灰之木，身如不系之舟。问汝平生功业，黄州惠州儋州。"这黄州、惠州和儋州，正是一个比一个偏僻的贬谪之地，越是偏僻，说明朝廷的责罚越是加重，越是严厉！然而，他把这些，当作自己一生的功业来看：一条龙，沉入水中久了，会明白，总有一些飞升，是逆向的。

孔子教导自己的弟子们说："邦有道，贫且贱焉，耻也；邦无道，富且贵焉，耻也。"一条龙，应该飞的时候不飞，很可耻。而一条龙在不应该飞的时候飞起来，也很可耻！

依我看，在孔子的弟子当中，看来看去，还是要看颜回。"一箪食，一瓢饮，在陋巷，人不堪其忧，回也不改其乐。贤哉回也！"可惜颜回死得早，否则，他就是专门在孔子家的书房里负责扫地，再扫个几十年，当也能扫出一个不声不响但又海晏河清的天下来。

寄生草

连云港市地处黄海之滨。小时候去海边玩,在沙滩和海边的岩石缝里,常看到寄居于螺壳内、长得像虾更像蟹的东西,大人说那叫寄居蟹。这些寄居蟹初生下来都是独体的,略长之后,会寻一个合适的海螺,弄死、撕碎,然后钻进去,就有了一个又环保又坚固的可以移动的家。目前,全世界有将近1000个品种的寄居蟹,中国约100种,且多为暖水种,只我们黄海这里有少数冷水种。

20世纪60年代出生的人,对于"寄居"二字,大多心中排斥。因为我们所读的书所受的教育中,一切不劳而获者,都是"寄生虫",既可耻,又反动。寄居蟹,正是典型的"寄生虫"吧?到了高中时读李白《春夜宴从弟桃花园序》,上来就是一句:"夫天地者,万物之逆旅也;光阴者,百代之过客也。"不禁掩卷长思,感慨良多,所谓昨日种种,譬如昨日死;今日种种,譬如今日生:原来，人，才是天地之间最大的寄居者！

《红楼梦》第二十二回：贾府为宝钗做生日。受贾母之命，宝钗点的第二出戏是《鲁智深醉闹五台山》。宝玉道："我从来怕这些热闹。"宝钗笑他，"只那词藻中有一支《寄生草》，填得极妙，你何曾知道。"——漫揾英雄泪，相离处士家。谢慈悲剃度在莲台下。没缘法转眼分离乍。赤条条来去无牵挂。哪里讨烟蓑雨笠卷单行，一任俺芒鞋破钵随缘化。

整部《水浒传》中，最是有情有义、有声有色、敢爱敢恨、光彩照人的形象当属鲁智深！当年，眼高于顶的金圣叹在点评《水浒传》时，就把鲁智深列为一百单八将中的上上人物，又豪情万丈地说："写鲁达为人处，一片热血直喷出来，令人读之深愧虚生世上，不曾为人出力。"这"一片热血直喷出来，令人读之深愧虚生世上，不曾为人出力"几句，叫人读了，也真是感慨万端，深以为愧！乃至为耻！

细究寄生草，那本是与寄居蟹类似的一种寄生植物，依靠叶绿素独立生活，主要依附于寄主，吸取其养分。在这里，却是个曲牌名，属北曲仙吕宫。老鲁唱此曲，正是把打死恶霸郑屠，避祸在五台山落发为僧，因醉打山门闯祸，师父智真长老无奈只好把他遣往别处的过程，清清楚楚地交代了一遍。这"交代"，还不仅仅是对观众与读者叙述故事，更是给师父智真长老一个说法："没缘法转眼分离乍"，是表达自己对长老的感谢和歉意；"赤条条来去无牵挂"，是剖白自己对于前尘后事的感悟和心迹；而"一任俺芒鞋破钵随缘化"，更是来去自如，磊磊落落，英风飒飒，豪气干云！每听此曲，常常想起金庸《射雕英雄传》中洪七公的一段话，其时，他正准备结果一个死有余辜的恶徒之狗命："不错。老叫花一生杀过二百三十一人，这二百三十一人个个都是恶徒，若非贪官污吏、土豪恶霸，就是大奸巨恶、负义薄幸之辈。老叫花贪饮贪食，可是生平从来没杀过一个好人。裘千仞，你是第二百三十二人！"好一个鲁达鲁智深，果然是其行也达、其智也深啊！

到得《水浒传》第九十回，宋江和鲁智深来见智真长老，长老一见鲁智深便道："徒弟一去数年，杀人放火不易。"鲁智深默然无言。后世观者，多认为长老以反语来斥责老鲁的杀人放火。以我观之，这"不易"二字，未必不是对其"杀人放火"的褒奖！为什么？请参考上面洪七公的回答。若说武林中人不足为证，好！请看一则著名的禅宗公案：

南泉普愿禅师座下东西两堂的僧人争要一只猫，正好让他看见，普愿便对大家说："说得出就救得这只猫，说不出就杀掉它。"大家无言以对，普愿于是杀掉了猫。赵州和尚从外面回来后，普愿把经过说给他听，并问赵州说得出否？赵州和尚听了，脱下鞋子放在头上就走了出去。普愿说："刚才若你在场，就救了猫儿。"

试问，这南泉若不斩猫，难不成还去斩那两堂僧人？这赵州若不颠倒，难不成还去让那天下的人们永远都是"好人不长命，祸害活千年"？

如此，鲁智深所唱之"赤条条来去无牵挂"，又岂能真的是一个摇滚中年在唱自己的"一无所有"？当一个人把无所牵挂当成自己的全部，不正是已经抵达了"色不异空，空不异色。色即是空，

观自在

空即是色"的真空妙有之境界？也如此，当那水浒故事临近大结局之际，鲁智深在杭州六合寺忽听得钱塘江潮轰然而至误做刀兵之声时，乃从容作偈道："平生不修善果，只爱杀人放火。忽地顿开金绳，这里扯断玉锁。咦！钱塘江上潮信来，今日方知我是我。"于是，智深和尚恬然坐化，正是流水今日、明月前身，纵然是无刀可放，偏这里立地成佛！

成佛成菩萨这种事，对于凡夫俗子而言，可能有点太遥远。毕竟，鲁智深的"佛来佛斩，魔来魔斩"，太过峻烈，难解难学。但是，小儿小女固然"未解忆长安"，即把那"今夜鄜州月""呼作白玉盘"，却是理所当然。比如，就在这宝钗庆生的酒席后，凤姐笑说有个小演员"扮上活像一个人"，在场之人多心知肚明却不说破，唯心直口快的史湘云接着笑道："倒像林妹妹的模样儿。"这边厢急得宝玉"忙把湘云瞅了一眼，使个眼色"，结果，当时就惹恼了史湘云。于是，私下里宝玉拉着湘云赔罪说："好妹妹，你错怪了我。林妹妹是个多心的人。别人分明知道，不肯说出来，也皆因怕她恼。谁知你不防头就说了出来，她岂不恼你。我是怕你得罪了她，所以才使眼色。你这会子恼我，不但辜负了我，而且反倒委屈了我。若是别人，哪怕她得罪了十个人，与我何干呢。"又说，"我倒是为你，反为出不是来了。我要有外心，立刻就化成灰，叫万人践踹！"

当时，宝玉自然不知：这"叫万人践踹"的心，和那"舍身饲虎"的心，和那"斩猫救猫"的心，和那"杀人放火不易"的心，可不都是相同的一枝寄生草？

似此星辰

年轻时听周华健的《让我欢喜让我忧》，第一句就被打动了！"爱到尽头，覆水难收／爱悠悠，恨悠悠／为何要到无法挽留／才能想起你的温柔……"关于友谊，关于爱情，关于故乡，关于家国天下，我们总是到了错过什么之后，才会明白：曾经的美好，已然不再！

清代诗人黄仲则有诗《绮怀·几回花下》："几回花下坐吹箫，银汉红墙入望遥。似此星辰非昨夜，为谁风露立中宵。缠绵思尽抽残茧，宛转心伤剥后蕉。三五年时三五月，可怜杯酒不曾消。"是这样的星辰这样的夜晚啊，却再也回不到从前，那十五岁的少年十五岁的姑娘还有那十五岁的月亮啊，在离别后的酒杯中摇晃着闪亮的忧伤和思念的芬芳……黄仲则为北宋诗人黄庭坚后裔，一生境遇悲苦、颠沛流离。四岁丧父，十二岁祖父去世，十六岁时唯一的

观自在

哥哥罹病身亡。母亲屠氏含辛茹苦将他养大成人，至八岁即能制举文，十六岁应童子试，常州府三千考生之中位列第一名。三十二岁被任命为县丞，三十四岁即病逝。诗学李白，名重一时，晚清包世臣称赞他是"乾隆六十年间，论诗者推为第一"。木心先生在自己的《文学回忆录》中对他也是极为推崇，称"可比近代中国的肖邦"。其人诗作，多写穷愁不遇、寂寞凄怆之情怀，或书愤世嫉俗、意气难消之块垒。但是，《绮怀》十六首，却通过对李商隐《无题》诗的因袭与改造，为中国诗歌史提供了古典诗歌互文性的经典文本。

绮，原指有花纹的丝织品，引申意为美丽。绮怀者，自是美丽的情怀也。《绮怀》十六首，当是黄仲则二十六岁那年在寿州正阳书院讲学时，回忆自己少年时期与表妹的初恋，写下了这组诗。当年，表妹正是三五一十五岁的美好年华。她聪明大方，语多风趣——"妙谙谐谑擅心灵，不用千呼出画屏"；她也曾与我约会，却又放了我的"鸽子"，我也并不怨她，因为春花初绽时依旧春寒料峭，且借着这眼前片片的梨花，想象着和她相拥在枕上的样子吧——"来从花底春寒峭，可借梨云半枕偎"；她和我别后思念忧伤，频频翻书打发时光，而我也舍不得再去洗那件与她相拥时穿过的衣服，天长日久之后，那衣服上的香气更加浓郁——"书为开频愁脱粉，衣禁多浣更生香"；我也曾悄悄地向帘内轻掷了一枝栀子花，她在里面用粉盒偷偷送出了丁香结——"栀子帘前轻掷处，丁香盒底暗携时"；一转眼十年不见啦，早有人为你盘起了长发，早有人为你穿上了嫁衣——"何曾十载湖州别，绿叶成阴万事休"；我呀，一个无所作为的中年男人，现在只想着时间流逝地更快一点，这样，才能把那如海的深愁抛掷给茫茫的岁月啊——"茫茫来日愁如海，寄语羲和快著鞭"……

人到中年，才会有一些真正的明白和不明白。二十年前，著名音乐人侯德健先生写过一首《三十岁以后》："三十以后才明白／要来的早晚会来／三十以后才明白／想爱的尽管去爱……谁也赢不了／和时间的比赛／谁也输不掉／曾经付出过的爱／三十以后／才明白。"

继续再说这清代诗人黄仲则。史载，黄仲则英俊潇洒、玉树临风，挺立于众人之中每每如鹤立鸡群，令人心生欢喜，颇愿亲而近之。不过，此公却大有两晋时人的名士之风，对于有意结纳之人，或应机不契，或不睬不理，终于为人所诟病，落得个"狂生"之名。更有甚者，他在宦游京师时，应对权贵，率性而为，反是常跟戏子们亲亲热热、称兄道弟，时或一起上街要饭，时或亲自粉墨登场，且歌且哭，谑浪笑傲，本色出演。又也许，真正的深情之人，正当如此？

在汉语诗歌传统中，有所谓"星眸"之说，即以星辰喻眼眸也。如唐代章孝标《鹰》诗："星眸未放瞥秋毫，频掣金铃试雪毛"；如宋代柳永《木兰花》词："星眸顾指精神峭，罗袖迎风身段小"等。所以，黄仲则《绮怀》中，广为世人熟知和推崇的"似此星辰非昨夜，为谁风露立中宵"句，或者还可这样理解：你美丽的眼睛像是今夜的星辰在天上看着我，而我却再不能返回昨夜与你相偎相依，只好在这风露之中站立到夜半啊，那个你，会不会想到今

观自在

夜、你的那个谁呢？

  向来文无定法，诗无达诂。听说，当代美学家李泽厚先生最喜黄仲则"悄立市桥人不识，一星如月看多时"句。正巧，我家住在海州朐阳门附近，一站地之外就有个地方名叫"市桥"。在市桥悄立和经过，默念黄仲则此句，顿觉星光灿烂，天地皆春。

莼鲈之思

据说，当代著名哲学家、美学家李泽厚先生极为早慧。12岁那年春天，他看到春花烂漫，春色无边，却突然很悲哀地想到：多美啊！可是，人，总是要死的，那么这一切，还有什么意义呢？后来，他就以第一名的成绩，考取了北京大学哲学系。

据说，美国哈佛大学有位哲学教授，有一天正在上课的时候，无意之中看见窗外的树枝泛出了青绿，就把课停下，说：春天已经来了，我们却还在这教室里上课，有什么意义呢？于是，他立刻对学生们宣布下课。后来，他就辞去教职，去看望春天去了。

据说，20世纪80年代经张明敏先生翻唱之后在大陆流行起来的《拜访春天》，本是台湾的原住民情歌，此歌的原唱施孝荣先生正是台湾原住民（排湾族）出身歌手。后来，施孝荣先生在一次歌会上说："这首歌是我大三的时候推出的专辑里的主打歌，到现在为止大概有 32 年了。这首歌歌名是《拜访春天》，但是最后一句却说这一时节没有春天。到底这是一首充满希望的歌还是没有希望的歌？是该愉快地唱还是不愉快地唱？到现在我也不是很清楚。虽然这是一首民歌，但也道尽了人生事实的真相，如果你要在这个世界上寻找春天，即使是找到了，但你却没有把握你的春天会永远存留。"

据说，哲学和音乐的共同本质是抽象：哲学是认识的抽象，音乐是感受的抽象。于是，春天就不仅仅是具体的，春天也同时是抽象的。但是抽象的春天，也仍然是可以感知的。后来，不才在下本人我，在十几年前也写过一首小诗《桃花必须要开》："桃花要开，必须要开／桃花必须开成桃花／桃花一闪／那些从唐朝就开始口渴的书生中间／必须还要走出一个／名叫孔灏的少年……"

根据《易经》和五行学说，春天属木，对应东方，震卦。"震：亨。震来虩虩，笑言哑哑。震惊百里，不丧匕鬯。"北宋五子之一、易学家邵雍解：得此卦者，奋发振作，大可有为。春天春雷滚滚，万物生长，所以，人类也哲思飞扬，歌声嘹亮。但是，那所谓嘹亮，却并不是说扯着大喉咙傻卖力气，而是说：那歌声有情感，有内涵，有平常，有思想！比如《拜访春天》：从"那年我们来到小小的山巅／有雨细细浓浓的山巅／你飞散发成春天／我们就走进意象深深的诗篇"，到"今年我又来到你的门前／你只是用柔柔乌黑的眼／静静地说声抱歉／这一时节没有春天"，也许，我们可能会从那个"你，现在到底怎么样了"的探寻里，去感应少年时莫名的远大志向和甜蜜忧伤，但是更也许，我们会在对"美""永恒""价值"和"意义"等等的思考中，去印证生命的律动、去追寻精神的还乡。

　　西晋时，苏州人张季鹰在朝中主管省部级干部调配工作，位高权重，人所钦羡。"因见秋风起，乃思吴中菰菜莼羹、鲈鱼脍，曰：'人生贵适意尔，何能羁宦数千里以要名爵乎？'遂命驾而归。"说是有一天，这位高级组织人事干部兼苏州吃货老张独立于秋风起处，忽想起此时正是家乡的菰菜、莼羹、鲈鱼脍鲜美无比之际，那一口家乡菜在舌尖上，当真是不惧与整个世界为敌。于是，他长叹了一声：人生最重要的还是自己心中快乐啊，怎么能够为了名位而跑到千里之外来当官呢？于是，连一张"家乡菜那么好，我想去尝尝"的字条都没留，果断弃官还乡去也！

　　后来，政府因为他的擅离职守，开除了他的公职。就有人问他："像您这样不负责任的高级公务员，只为自己一时的生活快乐就弃官离职，而且受到了组织部门的无情处罚，难道就没想过百年之后的名声怎样吗？"吃货老张回答说："给我百年之后的名声还不如现在给我一杯酒！"再后来，为了统一回复各方人士各类疑问，老张公开自己的诗《思吴江歌》作为回答："秋风起兮木叶飞，吴江水兮鲈鱼肥。三千里兮家未归，恨难得兮仰天悲。"

　　像老张这种无组织无纪律却又有情怀的才子，自然会得到其同路之人的推崇。比如李白，就专门写诗赞美他："君不见吴中张翰称达生，秋风忽忆江东行。且乐生前一杯酒，何须身后千载名。"而且，这李大诗人因为喜欢老张其言其行其人，也爱屋及乌地喜欢了老张的诗。当年，老张写江南的油菜花有句"黄花如散金"，要我来看，虽然不错，但与其他大诗人相比，水平也就一般。但是李

观自在

白同学不这么看！他扯着大嗓门喊："张翰黄金句，风流五百年。"

相比较而言，其他诗人就理性得多。他们把这莼羹鲈脍的思念，作为一种文化符号，印在了对于故乡的回忆之中。崔颢《维扬送友还苏州》说："长安南下几程途，得到邗沟吊绿芜。渚畔鲈鱼舟上钓，羡君归老向东吴。"白居易《偶吟》说："犹有鲈鱼莼菜兴，来春或拟往江东。"皮日休《西塞山泊渔家》说："雨来莼菜流船滑，春后鲈鱼坠钓肥。"元稹《酬友封话旧叙怀十二韵》说："莼菜银丝嫩，鲈鱼雪片肥"……在唐代，这"莼鲈之思"还走出了国门，走向了世界。日本平安朝的嵯峨天皇有诗云："寒江春晓片云晴，两岸花飞夜更明。鲈鱼脍，莼菜羹，餐罢酣歌带月行。"

当代国学大家、台湾大学教授傅佩荣先生有一次讲读书的方法，提出：春天适宜读《论语》。因为人在春天里，要懂得生命有源有本，所以需要立志。而秋天，适宜读《老子》。因为秋天既有收获也有萧瑟，所以既要感恩也要宽容，原谅别人也原谅自己，原谅天地万物。

所以，秋天里的张翰张季鹰，自然也是应该原谅的！据说，张季鹰同时代的人，是把他的莼鲈之思和弃官还乡之举，当作"旷达"来看的。但是就我来看，可能不是这样！我想，那张翰张季鹰只不过是一个性情中人而已。比如，五十七岁那年，孝子张季鹰老母病故。结果，他自己也因太过哀痛身染重病，终于不治而逝。

一个活在文化符号里的性情中人，面对着秋风，眺望全世界、也眺望着自己的故乡：他的背影，多么孤单啊；他的眼光，多么温暖啊！

还来就菊花

菊花之美，美在自由。这个自由，就是自己，能当自己的主人。这话，说来简单，做起来，至为不易！试问，从古到今，有多少人，是自己、能为自己做主的？

人说刘邦无赖，多有举例项羽欲烹其父时，他应之以："吾与项羽俱北面受命怀王，曰'约为兄弟'，吾翁即若翁，必欲烹而翁，而幸分我一杯羹。"老刘这番话，说得有点像绕口令！不过，意思清楚明白，逻辑严谨：俺和你姓项的共事于怀王麾下，而且结为兄弟，所以俺的爹就是你的爹。你如果煮你的爹吃，请分俺一杯肉汤吧。

刘邦确实如此禽兽不如吗？恐非如是！读《史记》可见：他一统天下荣登大宝之时，共封二十一王，其中沛县的老兄老弟就占十八人，另有邻县的老乡一人，只有两位外地之人！这等讲江湖道义、按规矩出牌的汉子，怎可能缺少基本的人伦之情？再有，刘邦

观自在

当上皇帝后，曾在未央殿前为父亲祝寿，竟就当着朝中文武百官的面问他的老爸：俺爹啊，以前你老说俺是个无赖，没有能力，不能置办家业。可现如今，你看俺刘老三的家业比起哥哥来，哪个更大呢？父子兄弟，言笑晏晏，文武百官，哄然而乐，这是多么让人为之既亲且敬的人世风光啊！

遥想当年苦苦创业时的刘老三，彼时彼地彼种情形，再细察他对他那项大哥的回答，那种不自由状态下的浑不吝，岂非透尽了赤子般的狡黠与顽皮？同样，再看那项羽：本是"见人恭敬慈爱，言语呕呕"，"人有疾病，涕泣分食饮"的"仁而爱人"之人，只为着打江山争天下，就做出了坑杀降卒、烹王陵老母、大张旗鼓杀人放火等诸多残暴骇人之事。或者，这种种暴行中，又总有一些事，也自是项羽内心中的知其不可为、不该为而最终还是为之的吧？于是，两个性格行事完全不同、却又同样不自由的英雄，又好比是讨论一天之中，何时的太阳靠人最近的两小儿了。

——毕竟，"算人间知己吾和汝。人有病，天知否？"

不过，真要说菊花自由，究其实，总是离不开人的发现与命名。一千六百多年前，一位姓陶的江西九江人，在彭泽县刚当了八十多天县长，因为不愿意摧眉折腰去奉迎不学无术的小人领导，于是留了一张"世界上比五斗米更宝贵的东西那么多，我想去看看"的字条，就辞职回家做农民，种地喝酒去了。这位前陶县长，酒量酒风酒品俱佳，而且是难得的越喝越清醒，越喝越诗意充盈！他说"余闲居寡欢，兼比夜已长，偶有名酒，无夕不饮。顾影独尽，忽焉复醉。既醉之后，辄题数句自娱，纸墨遂多。"——我呀，一个在家闲居之人，少有娱乐生活，加上秋夜漫长，偶然有些好酒，就算对着自己的影子举杯，那也是无夜不饮呢！既饮了酒，也多次醉，可是醉了之后就要写点诗来自娱自乐，就这样，一不小心也就写了这《饮酒》诗二十首。于是，"达人解其会，逝将不复疑。忽与一觞酒，日夕欢相持"；于是，"有酒不肯饮，但顾世间名。所以贵我身，岂不在一生"；于是，"泛此忘忧物，远我遗世情。一觞虽独进，杯尽壶自倾"；于是，"一士常独醉，一夫终年醒。醒醉还相笑，发言各不领"；于是，"若复不快饮，空负头上巾。但恨多谬误，君当恕醉人"……于是，就有了这首流传千古的《饮酒诗之五》："结庐在人境，而无车马喧。问君何能尔？心远地自偏。采菊东篱下，悠然见南山。山气日夕佳，飞鸟相与还。此中有真意，欲辨已忘言。"——当一个人的心中真的有了诗和远方，那么眼前被别人视作苟且的阿堵物，又如何不是他通向诗和远方的道路？当一个人和菊花在东篱下猝然相遇，当南山霭霭，飞鸟往还，那无所挂碍的是我？还是菊花？那醉意陶然的是霭霭南山？还是被往还飞鸟说出来的一句话？知与不知，不说，也罢！

因这不说也罢，让唐代诗人孟浩然总觉得如骨鲠在喉。有一天，他到老朋友家喝酒，喝高了，喝美了，乘着酒意，也就和老友不再客气，主动提出："待到重阳日，还来就菊花。"孟浩然这家伙，真让人喜欢！他就算是向朋友要酒喝，也是要得自然婉转，美丽动人！何况，他又就着这个机会，把那诗人陶潜没有明确说出来的意思表达得如此充分如此妥帖？

所以，李白喜欢孟浩然，当然是其来有自！他在《赠孟浩然》

观自在

一诗中说："吾爱孟夫子，风流天下闻。红颜弃轩冕，白首卧松云。醉月频中圣，迷花不事君。高山安可仰，徒此揖清芬！"注意！李白同志提起孟浩然同志用的两个字是："吾爱"！李白比孟浩然整小一旬，都属牛。依所谓属相学而言，属牛之人，当有踏实勤勉、循规蹈矩、语少幽默、不善夸张的个性特点，可是这哥儿俩，虽然"牛"，却又偏偏都是与牛绝然不同！李白出道时，老孟已然名满天下了。据说，这文学青年小李专程前往鹿门山谒见著名诗人老孟，两人一见之下，俱各恨晚！遂结成驴友，共同游历祖国大好河山数月有余。后来，兄弟俩在湖北武汉黄鹤楼前作别，二人于一揖一让、一叹一唱之间，就为中国文学史画下了一条绵延千古，且至今无法逾越的友谊之江、诗歌之江——《黄鹤楼送孟浩然之广陵》："故人西辞黄鹤楼，烟花三月下扬州。孤帆远影碧空尽，唯见长江天际流。"老孟一听此诗，妙哉妙哉！忽想起当年在黄鹤楼中，小弟李白因"崔颢题诗在上头"而罢笔之事，于是一把拉住好基友的手说："小白啊，你这四句，足以胜过崔颢写黄鹤楼的那八句了。须知，旷古之感怀，又有哪一种，是可以胜过当事者亲如兄弟般具体而真切的体验的？"

这一说，就有一朵野菊花即可以擎得住万里晴空的志气和力量了吧！也好比当年，雪岩祖钦禅师问高峰原妙说："白日里喧嚣纷乱时，做得主么？睡梦中时，做得主么？"那高峰原妙干脆直接地道："做得主！"由此而见，学佛，果然是大丈夫事——这时候，原不必想，"主"在何处？事已至此，"这个"就是！

在西方，有一种风俗：人死之后，佩菊花以表纪念。想来，那也是生者以此，来祝贺逝者终获自由之意吧？

此心安处

前人论唐诗，常以盛唐气象相标举。但是，何为气象？难言也！具体到某一人某一诗时，或者能有所彰显，然则一人一诗之面目，又焉得不是其自性风光之返照？如此，初唐、盛唐、中唐、晚唐者，又有何交涉？

二十多年前，和当代著名诗人、诗评家唐晓渡先生会于扬州。一日，几个诗人在瘦西湖边沉吟良久，晓渡先生突然对我说："孔灏，文字都是有生命的。我在写诗的时候，能看到那些文字都站立起来、走动起来！"彼时，晓渡先生在《诗刊》做编辑，用另一位著名诗人周所同先生的话说，是"职业杀手"。彼时，我亦如一个初入江湖的热血少年，对此"身剑合一"的状态，那真是心向往之、艳羡不已！

后来，随着年龄渐长，阅人、阅世、阅己、阅诗渐多，慢慢地,也懂得了晓渡先生的另一番深意:其实,身还是身,剑还是剑,它们本来就各有各的生命。但是,若要让这生命强健、阔大,它们就必须要有相应的自性风光或者说是生命气象。

有个小沙弥问禅师:"师父,怎么样才能开悟呢?"禅师不吭声——用某地的方言来说就是"不尿他"。停了会儿,禅师说:"我尿尿去。"走了几步之后,回头对这小沙弥说,"你看,连尿尿这样的事,都得本人亲自去。何况,是'开悟'这种可以了脱生死的根本大事呢?你问别人如何开悟,对自己又有何益?"

粗略来说,对于自我的直下承担,应该就是所谓的"开悟",就是所谓的自性风光、生命气象吧。有了这自性风光与生命气象,自然就有了从容,有了境界,说到底,其实就是有了心安。据说,初学昆曲者,老师一定要告诉他,学昆曲要做到"三不争",其中之一就是:不和不懂昆曲的人争论昆曲。这"不争",即是我自懂得、我自承担、我自心安。

孔门高弟中,宰予以"言语"第一而位列"十哲"。此公"利口辩辞"(司马迁语),却每每为孔子所不喜。《论语》上记载:

"宰予昼寝。子曰:'朽木不可雕也,粪土之墙不可圬也!于予与何诛?'子曰:'始吾于人也,听其言而信其行;今吾于人也,听其言而观其行。于予与改是。'"

宰予大白天睡觉,估计这熊孩子是上课迟到或者在课堂上打瞌睡了。孔子非常生气,痛责他:"腐烂的木头不堪雕刻。粪土的墙面不堪涂抹!对于宰予这样的人,还有什么好责备的呢?"又说,"起初我对于人,听了他说的话就相信他的行为;现在我对于人,听了他说的话却还要观察他的行为。这是由于宰予的事而改变。"

最严重的一次，是宰予认为父母死后，古礼须服丧三年的时间太长，一年就足够了。理由是："君子三年不为礼，礼必坏；三年不为乐，乐必崩。"这学生也是真聪明，他抓住了老师最看重的"礼"和"乐"，说服丧三年的后果必然是"礼崩乐坏"。孔子压着火耐着性子问他："不守三年之丧，你心安吗？"宰予说："安啊！"孔子听到他这样说，不争了，说："你心安，你就按你的想法做吧。"宰予走后，孔子一声叹息："子生三年，然后免于父母之怀。夫三年之丧，天下之通丧也。予也有三年之爱于其父母乎！"小孩子生下来，需要三年时间，才能离开父母的怀抱，难道宰予没有从他父母那里得到过三年的爱护抚育吗？

两千多年过去了，我好像还能看到孔子孤独地站在那里，望着自己学生的背影露出又痛心又忧虑的表情。毕竟，父母之于人子，是事关生命之始的大根本；何况，"慎终追远"，实为"民德归厚"之因。生命的气象，正在于对来处与归处都了然透彻，都直下担当，这，才会有王阳明所谓"我心光明，夫复何言"的心无挂碍啊！

1083年，因为"乌台诗案"遭到"断崖式降级"被下放在黄州已待了四年的苏东坡，遇见了自己的"同案犯"王定国。这次，老王带着自己的红颜知己寓娘终逢圣上开恩从岭南返京。两位老朋友兼"同党"酒酣耳热之际，听了寓娘清歌一曲，顿感天清地宁，世界清凉，老苏情不自禁地写下一首《定风波·南海归赠王定国侍人寓娘》："常羡人间琢玉郎，天应乞与点酥娘。自作清歌传皓齿，风起,雪飞炎海变清凉。万里归来年愈少,微笑,笑时犹带岭梅香。试问岭南应不好,却道,此心安处是吾乡。"

老王啊,你可知道你为什么能够做到:出走半生,归来仍是少年?你看你看,你心上的姑娘,她的微笑,有岭南梅花的芬芳;她让你不管身处何地,且把那心灵安歇之处,永远,都当作故乡。

老王说了声"对",遂拱手而别、策马扬鞭,横抱美人如琵琶,直奔归途去者!只留下苏轼的仰天长笑,还有那"嗒嗒"的马蹄声,似在说着千年以后的一首现代诗:"我不是归人,是个过客"……那笑声和马蹄声真是又清亮又豪壮啊,直到我看83版电视剧《射雕英雄传》时,还总是能够在长空的雕鸣之中,听到那笑声和马蹄声的回音——生命的气象,正在于对当时当地一切的呼应,对此情此景心灵的兼容。

细细想来,写诗也罢,学戏也罢,雪飞也罢,炎海也罢,君子于终食之间,念念分明,历历本然!乃至"造次必于是,颠沛必于是"时,仍不过是"不违仁",且寻个歇处,求此心安而已。

紫金文库

狸首之班然

　　古时候，有个名叫原壤的人，他的老母亲去世之后，他的老相识孔子孔圣人来帮助他办理丧事。这中间，原壤突然敲击着棺木说："我啊，已经很久没有唱歌抒怀了。"于是自顾自地唱了起来："狸首之班然，执女手之卷然。"——这棺木的花纹，像是狸猫的头一样色彩斑斓啊。拿斧子的手，也像是女子的手一样有一种舒缓，也有一种柔软。孔子很难受，假装没有听见，走到了旁边。旁边随从孔子的人问："老师，您就不可以让他不要唱歌吗？"孔子回答说："我知道，没有失去的亲人才是亲人，没有失去的老相识才是老相识。"
　　故事见于《孔子家语》，也见于《礼记》。原壤唱的歌，是上古时代行射礼的过程中，诸侯唱来作为发矢节度的礼乐。《礼记》这本书，主要记载了先秦的礼制，分别是"三礼""五经"和"十三经"之一，宋代以后，更是位居"三礼"之首。读《礼记·檀弓篇》，每读到这里，我也很难受：为原壤，为孔子，也为那个跟随孔子的人。

说起原壤，大家可能不熟悉，但是如果按照联想记忆法，提起孔子因为原壤而讲的那句名言"老而不死是为贼"，大家可能就容易记住他了。《论语·宪问》上说：

"原壤夷俟。子曰：'幼而不孙弟，长而无述焉，老而不死是为贼！'以杖叩其胫。"

原壤以一种蹲着两脚不坐不起的无礼姿态，来等待孔子到来。孔子见了，就训斥原壤："你啊，小时候，就不守逊悌之礼。长大了，又毫无著述来教导后辈。现在，又老而不死地混日子，这，大概就是所谓的祸害吧！"孔子一边说着，一边还用手中所持的曳杖叩击原壤的脚胫。

孔子这人，其实最讲原则。人问他："以德报怨，何如？"子曰："何以报德？以直报怨，以德报德。"用善行回报恶行，这种作为乍听之下，确乎有点高端、大气、上档次。但是孔子非常冷静地反问说这话的人："假如要用善行回报恶行，那么，你用什么回报善行？"所以，孔子认为：应该用公平来回报恶行，用善行来回报善行。又，《论语·阳货篇》记载："子曰：'乡愿，德之贼也。'"这是孔子在直接说，乡里之中那种不分是非、处处讨好的所谓"老好人"，实际上是败坏道德的人。至于每每被无知之徒用以攻击孔子不讲原则的所谓"中庸之道"，其实讲得正是要"择善固执"，选择那真正合适和正确的，坚持到底！

在这种背景之下，再来看孔子之与原壤的相处，看原壤的从小到大都吊儿郎当不正干，看他在母亲死了之后还敲着棺材唱歌的疑似禽兽之行，从古到今的儒者们，又有多少人能够想得通：这疾恶如仇的圣人孔子，为什么竟然容忍自己的老相识原壤如此作为？如果已经"忠告而善导之"了，既"不可"，何不"止之"——这"止之"，当然不是停止忠告和劝导，那是干脆绝交算了嘛！

但是，孔子对于原壤，既有责骂，又有怜惜，既有失望，更有理解。他老人家说了："丘闻之，亲者毋失其为亲也，故者毋失其为故也。"照我看，这话的意思或者可有三种理解：其一，原壤和他的母亲感情很深，母亲身体的死亡，并不代表母亲形象在他心中的死亡。所以，他的唱歌与眼前之人、之事俱无关联，那只是自己的一种兴之所至罢了；其二，原壤虽然不是个东西，但是，我孔丘作为他的故人，还是要尽到故人的责任啊；其三，原壤所唱"狸首之班然"歌，本是母亲之所教唱，如今母亲去世了，他唱此歌，正是深切悼念他的老母啊。

董桥曾经说过，再动人的男欢女爱都是私事，别人听了肉麻。还真是！所以，对于这两个老男人之间的友谊故事，宋朝的朱熹同志做了一个很好的注释："母死而歌，盖老氏之流，自放于礼法之外者。"原壤这家伙，应该是老子道家一派的人物，他把自己彻底地放逐于礼法之外，当然不必以常理观之！这样，孔子出于一种学术尊重，自然也应该充分地理解原壤、谅解原壤。何况，那原壤，毕竟是孔子的故人呢？

实际上，儒家在讲原则的同时，从来不否认对于情感的珍惜和注重。且不再说圣人孔子,即后来的亚圣孟子也同样遇到过学生所提出来的类似问题。那时,孟子的学生桃应假设说:"在舜当天子的时候,如果其父瞽叟杀了人,此时作为'最高人民法院院长'的皋陶应该怎么办?"孟子说:"皋陶当然应该把瞽叟抓起来法办!"桃应又问:"那么,舜不可以利用他天子的身份和职权去阻止这件事情吗?"孟子回答说:"作为天子的舜,怎么可以阻挠司法公正呢?"桃应打破砂锅问到底说:"那么,作为人子的舜到底应该怎么办?"孟子回答说:"作为孝子的舜,假如有机会的话,当然会把天下看得连一只破鞋子都不如,偷偷地背着自己的父亲瞽叟逃到天涯海角去,快乐地生活在一起,甚至也忘记了自己曾经是天子这回事儿。"

后世儒者,每于这种极端的事例面前,时露吞吞吐吐之象。大概这种事情,在他们的内心看来,多多少少会有点难受、难办吧?我想,这应该是读书读死了的缘故。面对这样的问题,老庄一派的道家人物,确实更加通透洒脱、干净利落。比如庄子在《逍遥游》中就讲:"小知不及大知,小年不及大年。"你读书少,自然不了解咱们读书人的事;你的寿限又短,更不了解我们这些年寿长的啦。你,和我,差距太大啦,不跟你说……

但是,要说到真正地通透到底,恐怕还得说是释家。唐代布袋和尚的《插秧歌》说:"手把青秧插满田,低头便见水中天。心地清净方为道,退步原来是向前。"那一方水田之中,青秧与蓝天相互映衬,色彩斑斓,煞是好看,也像是狸猫头上的花纹一样:恰恰,有那么一点无所用心;恰恰,有那么一点心心念念。

山坡羊

观山坡羊之象，是羊在上、山在下，即上兑下艮，又分别对应少女少男，可得一"咸"卦。卦辞是："咸：亨，利贞。取女吉。"《象》曰："咸，感也。柔上而刚下，二气感应以相与。止而说，男下女，是以'亨利贞，取女吉'也。天地感而万物化生，圣人感人心而天下和平。观其所感，而天地万物之情可见矣。"

一般认为，"咸"卦之"咸"字，可读"贤"音，也可读"感"音。读"感"音的重点在于，进一步强调此卦的"咸"字与"感"字是一个意思：即表示感应。按其"象辞"的说法，正所谓阴柔之气居上而阳刚之气居下，二气交感两相亲和。于是，就到了至美至善至真之境，快乐自会由内向外生发出来。天和地的感应也好比是青年男女的两情相悦，自然可以长养万物；身居上位者通过感应以百姓之心为心、以群众之所需为需，自然能够天下和平。明白了这"咸"卦所体现出来的感应之意，也就懂得了天地万物世道人心的情意了。

如此谈论"山坡羊"这个概念，或许有点过分地"一厢情愿"了。实际上，"山坡羊"是曲牌名。北曲中的吕宫和南曲中的商调，都有同名曲牌。南曲较常用，如昆曲《牡丹亭》第十出《惊梦》中，杜丽娘游园后春情缱绻，在入梦之前就唱了一段南曲商调"山坡羊"："没乱里春情难遣，蓦地里怀人幽怨。则为俺生小婵娟，拣名门一例、一例里神仙眷。甚良缘，把青春抛的远。俺的睡情谁见？则索要因循腼腆。想幽梦谁边，和春光暗流转。迁延，这衷怀哪处言？淹煎，泼残生除问天。"而北曲中的"山坡羊"较简单，常用作小令，或用在套曲中，又叫"苏武持节"。如元曲名作、张养浩的《山坡羊·潼关怀古》："峰峦如聚，波涛如怒，山河表里潼关路。望西都，意踌躇。伤心秦汉经行处，宫阙万间都做了土。兴，百姓苦；亡，百姓苦。"

想起我少年时读元人散曲，本来是奔着"枯藤老树昏鸦，小桥流水人家，古道西风瘦马。夕阳西下，断肠人在天涯"去的，是奔着"平生不会相思，才会相思，便害相思。身似浮云，心如飞絮，气若游丝"去的，是奔着"少我的钱差发内旋拨还，欠我的粟税粮中私准除。只通刘三谁肯把你揪扯住，白甚么改了姓、更了名、唤做汉高祖"去的，是奔着"凤凰台上暮云遮，梅花惊作黄昏雪"去的……那天化学课上，忽然看见了《山坡羊·潼关怀古》，看见了"兴，百姓苦；亡，百姓苦"，一腔风花雪月的小儿女柔情和"为赋新辞强说愁"的伪苍凉顿时一扫而光！在烧杯、量瓶和酒精灯的后面，我好像看到了繁华盛世之中的颠沛流离，看到了焦土赤地之上的累累白骨……少经世事的心灵也似乎有所触动：这，才是真正的抒情啊！古往今来，哪一种真正彻底的抒情不是老实认真地叙事？

说起张养浩的"山坡羊"，确实称得上"只只肥壮"。他的怀古系列，苍劲慷慨、见地高迈：如《骊山怀古》，"骊山四顾，阿房一炬，当时奢侈今何处？只见草萧疏，水萦纡，至今遗恨迷烟树。列国周齐秦汉楚。赢，都变做了土；输，都变做了土！"如《沔池怀古》，"秦如狼虎，赵如豚鼠，秦强赵弱非虚语。笑相如，大粗疏，欲凭血气为伊吕，万一座间诛戮汝，君也，谁做主？民也，谁做主？"如《洛阳怀古》，"天津桥上，凭栏遥望，舂陵王气都凋丧。树苍苍，水茫茫，云台不见中兴将，千古转头归灭亡。功，也不久长；名，也不久长"。他的"人生于世"系列，更是良言劝世，直抵人心：如《无官何患》，"无官何患？无钱何惮？休教无德人轻慢。你便列朝班，铸铜山，止不过只为衣和饭，腹内不饥身上暖。官，君莫想；钱，君莫想"；如《休图官禄》，"休图官禄，休求金玉，随缘得过休多欲。富何如？贵何如？没来由惹得人嫉妒，回首百年都做了土。人，皆笑汝；渠，干受苦"；如《于人诚信》，"于人诚信，于官清正，居于乡里宜和顺。莫亏心，莫贪名，人生万事皆前定，行歹暗中天照临。疾，也报应；迟，也报应"。从对历史的浩叹，到对人生的直面，从现实可见的万家灯火，到历历分明的善恶因果，张养浩的感应也好比《牡丹亭》中杜丽娘游园后的春情缱绻，既具体，又浅显，却深刻，也安然，是一种落落大方、理直气壮地"打破砂锅问到底"。

作为元曲和明清小曲中最流行的曲调之一，《山坡羊》更多地

观自在

承载了少男少女的爱情故事。在《射雕英雄传》里,郭靖背着被裘千仞打伤的黄蓉去找一灯大师疗伤,黄蓉在郭靖背上吟了一曲"山坡羊":"青山相待,白云相爱,梦不到紫罗袍共黄金带。一茅斋,野花开,管甚谁家兴废谁成败?陋巷单瓢亦乐哉。贫,气不改;达,志不改。"郭靖听后,这个傻不愣登的浑小子居然情动于中,把那最后一句改作"活,你背着我;死,我背着你"!感应之力,岂不伟哉?当然,这曲词既非黄蓉所作,亦非金庸老爷子所作,却是引的元代词人宋方壶作品。后来,到了《倚天屠龙记》中,殷素素也曾对张翠山唱了一曲"山坡羊"。那原版,本是根据昆曲《思凡》中小尼姑赵色空的经典唱段改编:"他与咱,咱与他,两下里多牵挂。冤家,怎能够成就了姻缘,就死在阎王殿前,由他把那杵来舂,锯来解,把磨来挨,放在油锅里去炸。唉呀由他!只见那活人受罪,哪曾见过死鬼带枷?唉呀由他!火烧眉毛,且顾眼下。火烧眉毛,且顾眼下。"

在《论语》中,孔子有云:"德不孤,必有邻。"董仲舒在谈及"谶纬符谶"时引用此句,证明如果一个王者具备了德行,上天就会降下祥瑞,所以王者的德行不孤。这话说得有点"绕",也略有点"玄"。倒是宋代的朱熹解释得比较平实:"故有德者,必有其类从之,如居之有邻也。"也就是说,德不孤立,必有类应,有德的人必然有同类之人与之相邻相从!也好比说阴阳之感应,男女之感应,天地万物之交相感应,江山社稷与世道人心之感应,乃至六道众生与佛菩萨罗汉之感应……其实也可以说不是感应,只是他们相互之间,相互在别人的身上,认出了自己的那一部分而已。

一 握手

握手的礼仪,一般认为是来自原始社会。在那个"刀耕火种"的年代,原始人的手中总是拿着石块或棍棒等武器。陌生人相遇,如果双方都无恶意,就要放下手中的东西亮出空空的手掌,让对方抚摸手掌心,表达善意。后来,这种习惯就演变为今天的"握手礼"了。也有另外一种说法:西方的中世纪战争期间,骑士们都全身盔甲,只留下两只眼睛在外。两个骑士见面时如果为了表示友好,互相走近时就会脱去右手的甲胄伸出右手,表示没有武器,互相握手致意。后来,这种表示友好的方式流传到民间,就成了握手礼。总而言之吧,握手作为一种礼仪,确实是来自西方。中国古代与"握手"相对应的礼仪,勉强说来,应该算是揖礼。

东汉许慎《说文》说:"握,搤持也。"清段玉裁《说文解字注》:"搤,捉也。捉,搤也。把握也。然则在手曰捉,曰搤,曰握,

观自在

曰持，曰把。"由这个"握"字而与"手"字组合成"握手"一词来表达以手相握之意，本来应该是文通字顺、顺理成章之事，但是"握手"二字最初见于我国的古代典籍时，却是指古代死者入殓时套在死者手上的殓衣。如《仪礼·士丧礼》中记载："握手，用玄，纁里，长尺二寸，广五寸，牢中旁寸；著，组系。"说的是"握手"这种套在死者手上的殓衣，以布帛缝制，形如直囊。外用黑色布，里用橙色布，长一尺二寸，宽五寸，中间手握部分一寸见方，也以絮充入其中，并打上结。唐朝著名经学家、"三礼学"学者贾公彦专门注释强调说："名此衣为握，以其在手故言握手，不谓以手握之为握手。"贾公彦这是告诉我们：把这种殓衣叫做握，是因为它是套在死者手上的，所以叫"握手"。这个"握手"，可并不是我们现在所说的两个活人的两手相握之意。

在我国的古代文献中，"握手"二字还有其他的意思。比如，指"拳屈手指"，或者，指"拳屈手指用来捧住东西"。前者的例子，是汉代焦赣的《易林·乾之履》中有句："空拳握手，委地更起。"这是在形象地说明，天泽履卦比起乾卦的六爻皆阳皆实而言，其下卦的兑卦中那一个阴爻之虚，正好比是一个人握了一只空拳之象。后者的例子，是《管子·弟子职》中有句："凡拚之道，实水於盘。攘臂袂及肘，堂上则播洒，屋中握手。"唐代儒学家尹知章注曰："堂上宽，故播散而洒；室中隘，故握手为掬以洒。"大殿或者正厅比较宽敞，所以可将水盛在盘中泼洒；小房间比较狭窄，所以只能拳屈手指捧住水来泼洒。但不论是前者还是后者，这里所展示的，都是一个人自己的"握手"。

中国古代"握手"一词，是不包括现代词汇中礼仪意义的，它基本上就是两个人手拉手表示亲近或信任的意思。如《三国志·魏志·曹爽传》记载："爽以支属，世蒙殊宠，亲受先帝握手遗诏，托以天下，而包藏祸心，蔑弃顾命。"意译为：曹爽这个家伙，因为其皇族身份，世代蒙受朝廷特殊的恩典，亲手接下先帝手中的遗诏，受托辅佐天下，但却包藏祸心，不顾先帝辅佐朝政的命令。如唐代元结《别王佐卿序》："在少年时，握手笑别，虽远不恨。"意译为：在那年少轻狂的日子里，即使是离别的时候，也可以于一笑之间放开紧紧握住的手，即使是相隔遥远，也不遗憾！如清代纳兰性德的《于中好·送梁汾南还为题小影》词："握手西风泪不干，年来多在别离间。"意译为：执手相看，西风吹不干泪水；去日苦多，你我却总在别离！

从古至今，中国人表达情感大多含蓄蕴藉，是以"白头如新，倾盖如故"。于是，两个男人之间的握手就相对少见，于是也似乎是很值得一书之事。《后汉书·李通传》上记载，刘秀与李通初次相见时就是："及相见，共语移日，握手言欢。"这一握手，是有着大大的欢喜和意义在呢！论起这方面，佛门中人就更加洒脱痛快多了。

《五灯会元》卷十九记载，白云守端禅师开示大众说："大众须知，悟了遇人者，向十字街头与人相逢，都在千峰顶上握手；向千峰顶上相逢，却在十字街头握手。"

开悟之人再遇同道，两个人就是在十字街头相逢的同时，也可同在千峰顶上握手。或者，两个人就是在千峰顶上相逢的同时，也可同在十字街头握手。那一时间、那一地点的那一相逢，仅就形式而言可能是毫无意义的；而代表了两个明心见性之人相互印证的"握手"，才是时间、地点和相逢的唯一体现和证明。笛卡尔说："我思，故我在。"白云守端禅师说："我们握手，故我们在。"

"握手"二字，其本身根本不是这样的"高冷"。它其实是温暖的、具体可感的，也是美好的，使人难忘的。清代龚自珍的诗《投宋于庭翔凤》说："游山五岳东道主，拥书百城南面王。万人丛中一握手，使我衣袖三年香。"老宋啊，你也曾走过万里路，你也曾读破万卷书，而我在万众丛中和你双手一握，你那高洁品格的馥郁芬芳，一年两年三年之后，都还经久不散地留在了我的衣袖之上……

龚自珍世代书香门第，上文提到的那位写《说文解字注》的大学问家段玉裁正是他的外祖父，而段玉裁对于自己这位外孙的诗文学问也是非常看重，欣赏有加！龚自珍的"落红不是无情物，化作春泥更护花""我劝天公重抖擞，不拘一格降人才"等名句，不仅传诵一时，而且流传后世，仅从诗句看，那真是一位了不起的诗人！不过，他同时又是一个诗酒风流、特立独行、与世相忤之人。据说，老龚其人即使对自己的父亲和叔叔的文字都不以为然，常说自己的叔叔文字根本"不通"，就是评价自己父亲的文字时，也说仅能称得上是"半通"。所以，他那般推崇与宋翔凤的"一握手"，确实称得上是因缘殊胜之事了。

不知道，这两个家伙于"万人丛中一握手"之时，是在十字街头？还是在千峰顶上？又或者，这两个家伙也根本就不曾"万人丛中一握手"，不过是如庄子《大宗师》所谓"相视而笑，莫逆于心，遂相与为友"而已吧？

道理最大

对于海州人来说，北宋政治家、科学家沈括不是外人。宋至和元年即公元 1054 年，时年 23 岁的"官二代"沈括同志任海州府沭阳县主簿。在此任上，沈主簿那是真正地"亲自"主持了治理沭水工程，不仅解除了当地人民的水灾威胁，而且还开垦出良田七千顷，改变了沭阳的面貌。

沈括一生的成就，当然不止于此。按《宋史》的评价是：其人，"博学善文，于天文、方志、律历、音乐、医药、卜算无所不通，皆有所论著"。而英国皇家学会会员、英国学术院院士、英国近代生物化学家、科学技术史专家，"中国十大国际友人"之一的李约瑟博士，作为世界上首个为中国古代科技树碑立传的大学者，在其著名的《中国科学技术史》一书中更是强调指出：沈括，是"中国整部科学史中最卓越的人物"，其代表作《梦溪笔谈》，内容

观自在

丰富，集前代科学成就之大成，在世界文化史上有着重要的地位，是"中国科学史上的坐标"。

不过，中学时我对沈括最初的印象，却误以为他只是一个迂腐、可笑之人。有一天，语文老师给我们讲诗歌的夸张手法，以李白诗句"飞流直下三千尺"为例，言夸张所在，不可以所谓的事实或常理推论之：比如，"三千尺"是哪里得来的数据？又，为什么不是"三千尺"多一点？又为什么不是"三千尺"少一点？接着，老师再举例说明：根据历史的经验来看，真会有人来算这笔账！唐代诗人杜甫有诗《古柏行》，借赞美久经风霜、挺立寒空之古柏，以称颂雄才大略、忠心耿耿的诸葛亮。诗的前四句是："孔明庙前有老柏，柯如青铜根如石。霜皮溜雨四十围，黛色参天二千尺。"说的是诸葛孔明庙前有一株古老的柏树，枝干色如青铜根底固如磐石。树皮洁白润滑树干有四十围，青黑色朝天耸立足有二千尺。有位宋代科学家，也就是这位沈括老兄在《梦溪笔谈》中写道："'霜皮溜雨四十围，黛色参天二千尺'，四十围乃是径七尺，无乃太细长乎？"。"四十围"粗的树直径相当于七尺，而树高却达到了"二千尺"，如此一来，这棵树岂不是太细长了吗？

长大之后，读《梦溪笔谈》，却见上述内容，是记录在卷二十三的"讥谑"章中。这样看来，人家老沈那番话的幽默玩笑之意，其实就非常明白了！可怜的，生生在我们心中担了那么多年"傻白不甜"的赖名誉……不读书，害人害己啊！

沈括的《梦溪笔谈》，虽只600余条，却涵括天文、历法、数学、物理、化学、生物、地理、地质、医学、文学、史学、考古、音乐、艺术等各个方面，而且有超过三分之一的篇幅记述并阐发自然科学知识，记载了老沈的发明、发现和真知灼见，说它是记载北宋时期自然科学辉煌成就的百科全书，实不为过！但其中有一条，却十分突出地反映了老沈同志的人生观、价值观和为政观：

"太祖皇帝尝问赵普曰：'天下何物最大？'普熟思未答间，再问如前，普对曰：'道理最大。'上屡称善。"

赵匡胤问那个"半部《论语》治天下"的宰相赵普："天下最大的是什么？"赵宰相想了又想，还未及回答之时，那急性子皇帝已经又问了一遍。于是，这赵宰相一字一句地说："道理最大。"赵匡胤听了这回答，很满意！而且，动不动就把这话拿出来表扬赵普。

这故事，让人欢喜，让人感动！后来，见国学大师陈寅恪先生有言："华夏民族之文化，历数千载之演进，造极于赵宋之世。后渐衰微，终必复振。"忽想起这故事来，遂以为：有宋一代所以出现华夏文化之最高峰，与这两位开国君臣对人对己的态度，还有那"道理最大"的观点，必有关联！

或者，天下事皆然，总是说起来容易做起来难。就说这同样推崇"道理最大"的沈括，从有些记载来看，他在现实中，从家庭生活到立身处世，似乎总是少了点"道理"。在家中，他的第二任妻子张氏，骄蛮凶悍，经常责骂沈括，甚至拳脚相加。有一次，张氏发脾气，竟将沈括的胡须连皮带肉扯将下来，吓得儿女们抱头痛哭，跪求母亲息怒。在张氏的虐待下，沈括在定居梦溪园的第四年生了一场大病，此后身体越来越虚弱，常自叹命不久矣。终于，张氏暴病先亡，亲友们都向沈括道贺。而沈括，却终日恍惚，不久也

观自在

因病离开人世。在朝中,他追随王安石变法,又与反对变法的苏东坡是老同事老朋友。苏东坡被贬职到杭州任地方官后,老沈作为中央特派员到地方检查工作,"与轼论旧"之余,却把小苏的诗作抄写一通并作了相关的阐释和说明,直接导致了差点害死小苏的史上最著名之文字狱"乌台诗案"。后来,老沈因事被撤职,闲居于镇江,却像没事人一样,常常恭恭敬敬地前往杭州苏市长那里去汇报思想和嘘寒问暖,搞得小苏市长一边"益薄其为人",一边怀疑人生。再后来,两个虽然政见不同却惺惺相惜的诗文大家王安石、苏轼言归于好,就在喝酒扯淡的时候,老沈的老领导王安石还认真地告诫小苏:"沈括其人,是个'壬人'。""壬人"者,巧言谄媚、不行正道之人也!

事实真相果真如此吗?一千年过去了,从前的人,不断地被各种完全相反的史料刻画出各种截然不同的形象;现在的人,继续在类似的场景之下延续着各种无怨无悔的坚持或者令人同情的不得已……好在,在沭阳,那座以沈括之名命名的"沈括桥"还在;好在,在《梦溪笔谈》中,关于活字印刷术的文字还在——否则,勤劳智慧的韩国人民就会因率先发明活字印刷术而让中国人引以为自豪的古代四大发明只剩其三了……道理最大啊!可是,最大的道理是什么?

1979年,中国科学院紫金山天文台为了纪念沈括,将1964年发现的一颗小行星2027命名为"沈括星"。繁星满天的夏夜,每于老海州的朐阳门下遥望星空,一想到这中间有颗星星是咱们海州府沭阳县主簿,就觉得:满天的星星,都是亲人啊!

紫金文库

叫小番

他和她，有国仇，有家恨，本该是"偶尔投影在你波心"的萍水相逢，但最终，却成就了十五载耳鬓厮磨的夫妻恩情。

"可不道一夜夫妻百夜恩"啊！关汉卿借着《救风尘》感叹着。他是个真正的"郎君领袖""浪子班头"，他又"是个蒸不烂、煮不熟、捶不扁、炒不爆、响珰珰一粒铜豌豆"，他，也不过只是一个懂得世道人心的普通人而已。

到了最后，天底下，又有哪一个人，不是普通人呢？

两军对垒，事关百千万人的身家性命、足以改变一个国家或一个民族历史发展进程的军国大政，反是着落在两个寡居的女人身上！这是佘太君和萧太后的幸，还是不幸？

读《大梵天王问佛决疑经》，当日世尊释迦牟尼佛手拈金色大波罗花瞬目扬眉，示诸大众，唯有迦叶尊者以心印心，破颜微笑。

观自在

世尊言："吾有正法眼藏，涅盘妙心，即付嘱于汝。"当下心中也是一动：想那佛陀座下有十大弟子，舍利弗智慧第一；目犍连神通第一；须菩提解空第一；富楼那说法第一；迦旃延论义第一……而杰出弟子千二百五十人中，聪明智慧多才多能之士更是各擅胜场。可到了最后，却是让一个修苦行第一的摩诃迦叶最先悟道得法，这其中的幸和不幸，又有着多么深刻的意蕴啊！

金沙滩双龙会一役，杨家将中的大郎、二郎、三郎先后战死，四郎、八郎失落番邦，五郎看破红尘出家，七郎杀出重围搬救兵不成反被奸臣着人乱箭射死。最后，金刀老令公杨继业带六郎死战两狼山，父子二人杀散之后，老令公含恨无奈，怒触李陵碑。正如佘太君所唱："沙滩会一场败，只杀得杨家好不悲哀"……

四郎被擒后，假名木易。因萧太后仰慕中原文化，又见木易武功高强、相貌堂堂，便将其召为驸马。这虽是演义，倒也真是他们的传统。历史上，汉代的张骞、苏武、李陵、李广利等，困在匈奴之时，匈奴人都以本族之女和他们组建了家庭。其中的李陵与李广利，确实也是娶了匈奴的公主为妻。史载，张骞的匈奴夫人还因为帮助丈夫逃跑，被匈奴单于下令处以鞭刑、断臂等酷刑。

黑格尔曾经说过："历史上常常有惊人的相似之处。"马克思高度认同，并补充道："第一次是作为悲剧出现，第二次是作为喜剧出现。"这《四郎探母》中的铁镜公主盗令箭，较之之前张骞的匈奴夫人帮助丈夫逃跑，或者也算是分别对应了马克思的悲剧和喜剧之说？

本来，每每听到杨四郎的那一声嘎调"叫小番"，总是裂石穿云、激昂高亢，直是听得人心潮澎湃、血脉贲张！十五载的隐忍，十五载的思念，十五载的自我放逐，十五载的痴爱缠绵……似都被这一声送到青云里，再抛到九天之外去了！果然是豪兴飞扬，不亦快哉啊！

但仔细想想，杨四郎的那一声"叫小番"，固然是既俊朗又阳刚，可"叫小番"前后的来来往往，却全是建立在柔情之上。他鼓起勇气说出真相，是为了探望老娘；他顺利拿到出关令箭，是因了夫妻情重；他舍下高堂老母、结发之妻和兄弟姐妹再回番邦，是想起临行前那贤德温柔的番邦女子也曾言道："比不得你们南蛮子，拿起誓当白玩了！"

又本来，那一段著名的西皮快板中，紧接着"一见公主盗令箭，本宫才把心放宽"之后，是两种版本的"叫小番"：一是"站立宫门叫小番"，二是"扭转头来叫小番"。两相对照，我更喜欢后者！"站立宫门叫小番"，最多体现了当下的移步换景，是一种归心似箭的等不及；而"扭转头来叫小番"，却是在移步换景归心似箭的等不及之外，有了一种"钱塘江上潮信来，今日方知我是我"的感喟——是所有漫长的岁月和艰辛的等待之中，如此清晰如此温暖地蓦然回首啊。

一声"叫小番"，戏内戏外，其实，都透着温暖！梨园世家子弟、著名京剧表演艺术家、四大须生之一谭富英先生，曾与雪艳琴合作演出并合拍电影《四郎探母》，这是我国第一部有完整情节的京剧电影艺术片，公开放映于1935年。据说，当年他在一次演出中，嘎调没有上去，台下立刻报以倒彩，有一小部分人竟离座而去,好像他们买这一张票,就为来听这一句被叫了倒彩的"叫小番"。于是,"叫小番"成了谭老板的心病,几次唱到这里,总是发挥不太正常,就总是有人喝倒彩。后来,他的几位好朋友,在他演《四郎探母》这一天,预先在楼下前排、中排、后排,和楼上前排与后排部分,各买了几十张票。在谭富英唱到"叫小番"时,"小"字刚出口,亲朋好友们就立刻一齐大声叫好,终于把他心理上的阴影给消除了。

这也许只是个传说,但我却愿意相信:它是真实的。我愿意相信每个温暖的故事,都是真实的!包括这《四郎探母》。当那杨四郎唱到:"在头上摘下胡地冠,身上脱下紫罗衫。沿毡帽,齐眉掩,三尺青锋挂腰间。将身来在皇宫院,等等等,等候了公主盗令还,好奔阳关。"那也不过是一种春阳暖暖、春水潺潺,有声有色有温度的生命里的还乡的感叹吧。

还不仅仅是还乡!因为,一部《四郎探母》中,萧太后因孙儿发令箭、赦四郎,杨四郎入宋营又是为侄儿宗宝巡营所擒,最后,佘太君更是为惦记着番邦的孙儿放回四郎……这些情节,无不都是——在体现着孩子们是牵挂,孩子们在成长,是孩子们在前面走着,所以前面,总是充满着希望!

而四郎杨延辉,不过是指给天底下的痴男怨女们看到:那样的过去,早已经成为历史。充满希望的地方,就在前方……

不是鱼

《论语》上说,孔子这人,听到别人唱歌唱得好听,一定要请他再唱一遍,并且,在那人唱歌的时候应和他。这看似小事,其实不小!要我说,这就是圣人他老人家的一种激励教育法:让歌者扬其长,既培养其自信,又鞭策其歌艺更加精进。至于说,这表明了孔子喜爱唱歌,当然也没错。但是,若夸张到西汉刘向所说"夫子不歌者则哭,不哭者则歌"的地步,这,可就有点"扯"了。

也是,人和人的相知,何其之难啊!

有一天,庄子和他的好基友惠子同游于濠河之上。庄子兴致很高,说:"阿惠啊,你看那水里的鱼儿从容自在,它是多么快乐啊!"惠子不解风情,说:"你又不是鱼,你怎么知道鱼是快乐的?"庄子有点烦,说:"你又不是我,怎么就肯定说我不知道鱼的快乐?"惠子干脆就抬上杠了:"我不是你,当然不知道你的感受;但是,你又不是鱼,又怎么知道鱼的感受是快乐的呢?"庄子定定神,操一口战国时期的商丘方言说道:"等等,俺给你捋捋这事。当你说'你又不是鱼,你怎么知道鱼是快乐的'时,你就已经知道了:我庄周,知道鱼的快乐。所以,你才这样问我。现在,我来告诉你:我不是鱼,却又怎么知道鱼是快乐的?我呀,是在这濠河之上看那水里的鱼儿从容自在,所以就知道鱼是快乐的了。"

要说这庄子,固然多事;可那惠子,又哪里是省油的灯?但是,因了这一问一答,山河大地,好像就变了个模样,天下的鱼儿,也都扑腾起哲学的浪花。

后来,佛门中人干脆用一句话来总结说:"罗汉不知菩萨境界。"所以,《五灯会元》载:

"僧问杭州龙华寺真觉灵照禅师曰:'草童能歌舞,未审今时还有无?'灵照禅师下座,作舞。师曰:'沙弥会吗?'僧曰:'不会!'师曰:'小僧踢曲子也不会!'"

古人之文句,往往因其精短,反而多义。比如这"草童能歌舞"吧,是说那乡间草莽之中的童子能歌舞?还是说,那草木中的小草小木也即草木中的童子能歌舞?又或者是说,那仙草变化出来的童子能歌舞?好在,这"草童"二字,其意虽不能确定,倒是并不影响整句的意思基本相近:

有位小和尚请教灵照禅师说:"草童能歌善舞,不知道现在还是不是这样?"灵照禅师就立刻走下法座为之且歌且舞,又问他:"小和尚你懂了吗?"小和尚说:"我不懂。"灵照禅师就说:"贫僧我也不懂唱歌跳舞。"

灵照禅师慈悲,他知道:不论是何种"草童"歌舞,必是随意而为之举手投足,既不著相,亦不做作,如此无所用心,方自一派天然!于是,他用心良苦,身以为范,希望以生动的表演让小和尚参悟明白这其间的道理。可叹这小和尚和惠子一样既无情调又无智慧,直把那灵照禅师的表演看作了一条鱼随意的游来游去,既负了灵照禅师的一番苦心,兼且负了庄子在濠河中遇见的那条名叫"快乐"的鱼儿……

话又说回来,以一个小沙弥的学养境界,悟得此理,委实也难。在华夏文化之中,有、无,虚、实,人、我,动、静,乃至执着与放下,起心动念与如如不动等等,本就是虽然平常却总似神秘,甚或几近于"人人眼中皆有,个个笔下皆无"的诗意境界。元人唐珙有诗《题龙阳县青草湖》:"西风吹老洞庭波,一夜湘君白发多。醉后不知天在水,满船清梦压星河。"人到了船上,固然是可以清楚地看见天空倒映在水面,可又有多少人能深刻地体认到:我在这船上的一夜清梦,却把那天上的银河,都压得很低很低!

将近二十年前,我也写过一首诗《不是鱼》:"鱼在水里的快乐／我们不知;所以／鱼在何时流出了泪水／我们也不知……用流水呼吸／和垂柳的影子嬉戏／看浪花们七嘴八舌地在水面探讨河流深浅／鱼,在水底沉默……"有庄子的寓言在前,再以鱼为喻,来说人和人之间的隔膜之事,自然并不聪明。不过,我若怯怯地以此创造力的贫乏,来说人和人相知的何其之难,如何?

观自在

《大涅槃经》《贤愚经》《大毗婆沙论》等，都记载过一个故事：释迦牟尼佛的前世是个老修行，名忍辱仙人。他在林中禅坐时，恰逢歌利王带着嫔妃大臣们出游打猎。嫔妃们好奇，围绕着忍辱仙人叽叽喳喳问个不停，忍辱仙人为度众生也耐心作答。可是，却惹恼了一边的歌利王：自己的女人能够不围绕着自己转，却围绕着一个出家人转？不对！这出家人是个引诱妇女的恶修行！他让军士一段一段割下忍辱仙人的四肢，并且每割下一段，就问忍辱仙人："你对我，有嗔恨之心吗？"歌利王的逻辑是：你若有嗔恨之心，则不是真正的修行得道之人，该割！你若真是修行得道之人，自然不会有嗔恨之心！可是，那忍辱仙人每逢此问，必答"没有嗔恨之心"。后来，身体已被分割得七零八落，歌利王仍不信此仙人无嗔恨之心。最后，此仙人说："若我真无嗔恨之心，愿我被肢解的身体能恢复如故。"说完这句话，他的身体立即恢复原状，一无所损。

这故事，若用张爱玲的话说，就是：因为懂得，所以慈悲。但是，道家祖师长春子丘处机不这么说！他为此写过一首诗《忍辱仙人春兴》："春日春风春景媚，春山春谷流春水，春草春花开满地。乘春势，百禽弄古争春意。泽又如膏田又美，禁烟时节堪游戏，正好花间连夜醉。无愁系，玉山任倒和衣睡。"他的意思是：人若真有了境界，那一切相互之间的不知，又何妨看作是游戏一场？

2005年，看电影《天下无贼》时，突然听到背景传来刘若英演唱的《知道不知道》："那天的云是否都已料到／所以脚步才轻巧／

以免打扰到　我们的时光／因为注定那么少／风吹着白云飘／你到哪里去了／想你的时候／喔　抬头微笑／知道不知道？"是用陕北民歌的曲调，重新填的词。我就想：这样如水的时光中，不管是"知道"，或者是"不知道"，恐怕对于我们而言，都已经，晚了！所以，就这么安安心心地做一条鱼吧，安安心心地、做一条真实的鱼，多好啊！

观自在

我便休

那是大俗大艳的喜庆让你心旌摇动,"急猴猴,新郎倌,钻进洞房把盖头掀。盖头掀,哎呀哎呀哎呀呀,我的个小乖蛋哎,我的个小乖蛋!";那是隔山隔水的爱慕让你惆怅满怀,"白脖子的那个哈叭呦,朝南得的那个咬。啊呀赶牲灵的那个人儿呦噢,过呀来了。你若是我的妹子呦,你招一招的那个手。啊呀你不是我的妹子呦噢,走你的那个路……";那是旅途中干柴烈火地凤凰于飞,"叫声妹妹你别上火,门外就有柴火垛,不拜月亮不拜佛,专拜妹的那两个小饽饽。";那是归来时有意无意的若即若离,"这么长的个辫子辫子探呀么探不上个天,这么好的个妹妹呀见呀么见不上个面。这么大的个锅来锅来下呀么下不了两颗颗米,这么旺的些火来呀烧呀么烧不热个你"……天高地阔呵,就感到,整个尘世好像就是为了你们两个准备的,还有那山、那羊、那黄河,那越来越远的年代却越来越响的歌,不知何时,它和我们的叹息的距离已经近到了咫尺之间。是的,就在咫尺之间!却同时,又让我们身处于遥远的年代和遥远的地方的,这些被陕北老乡们叫作酸曲的情歌啊!

在陕北,酸曲是人们的另一种粮食和水。人们活在酸曲里,像羊肉炖在葱里,像蜜化在水里,像你和我,手牵手站在月光里,听着月光外面有人在唱:"大炖羊那肉离啦不了葱,酒曲它不酸不好听。甜盈盈的苹啦果水淋淋的梨,酸不溜溜才有一点人呀么人情味"——在陕北,人们又每每如乌鸦反哺一般,用自己的幸福、欢乐、痛苦和忧伤,来滋养着酸曲。

《论语》上说,孔子特别喜爱唱歌。如果听到别人唱得好,他一定会请人再唱一遍,然后和这人一起唱,所谓"子与人歌而善,必使反之,而后和之"。这老爷子一生"述而不作",却"删诗书、定礼乐、著春秋、系易辞",那《诗经》的第一篇"关雎"恰恰正是首"酸曲"。"关关雎鸠,在河之洲。窈窕淑女,君子好逑……求之不得,寤寐思服。悠哉悠哉,辗转反侧……"拿这首诗对照《想亲亲》,"想亲亲想得我手腕腕那个软,呀呼嘿;拿起个筷子,我端不起个碗,呀儿呦。想亲亲想得我心花花花乱,呀呼嘿,呀呼嘿;煮饺子我下了一锅山药那个蛋,呀儿呦,呀儿呦",是不是,都有着一种相映成趣的深情和怅然?

话说有一天,子路、曾皙、冉有、公西华陪着老爷子聊天,他随口一问:"同学们平时常说'没有人了解我呀'。假如有人了解你们,你们打算做些什么事情呢?"于是子路、冉有、公西华分别向老师汇报了一下工作愿景。这老爷子或者"哂之",或者默然无语。

观自在

直到最后，曾皙同学发言说，我的理想是"莫春者，春服既成，冠者五六人，童子六七人，浴乎沂，风乎舞雩，咏而归。"我呀，只想在暮春时节，穿着春天的衣服，和五六个成年人、六七个小孩子，一起到沂河里游泳，在舞雩台上乘凉，唱着歌回家。老爷子听了之后一声长叹道："我，赞同曾皙的想法呀！"或许，正是最后那句"唱着歌回家"，打动了老爷子吧？！

多年以前，我们曾有过很多次"唱着歌回家"的经历。那时候，为了一场关于诗歌、友谊和酒的约定，我们可以从海州鼓楼附近骑自行车至老新浦区的任何地段，不管是星级酒店还是苍蝇小馆，我们意气风发、慨当以慷，我们诗书漫卷、兴味悠长，每每到了酒店要打烊的时刻，才能结束我们的激扬文字、指点江山。然后，一行人骑车穿过城市，穿过那些月朗星稀的夜晚，也穿过那些风霜雨雪的侵袭，一路上且说且笑且歌且咏着回了家。后来，读《庄子》"至乐"篇，见庄子的妻子过世后，他因为把"死"当作回家反而"鼓盆而歌"的故事，也曾想过：我们最终将要且歌且咏着归去的，究竟，是哪里呢？

《五灯会元·卷六》载："楼子和尚，不知何许人也，遗其名氏。一日偶经游街市间，于酒楼下整袜带次，闻楼上人唱曲云：'你既无心我亦休。'忽然大悟，因号楼子焉。"你既无心我便休啊！这一生的路上，我们能有多少次，刚刚低头整理好自己的行囊和衣带，正好就听到有人在唱：你既无心，我便休。是有过怎样的深情和决绝，才可以如此的了然和潇洒？这里面，有"见山是山"的理当如此，如酸曲之"一碗碗个谷子两碗碗米，面对面睡觉还呀么还想你,只要和那妹妹搭对对,铡刀剁头也不呀后悔";又有"见山不是山"的新天新地,如酸曲之"大红果子剥皮皮,人家都说我和你,本来咱两个没关系,嗨咿儿哟,好人担了些赖名誉";更有"见山还是山"的宛若自然,亦如酸曲之"太阳出来不老老高,他把你拉进圪崂崂,圪崂崂里你们摔跤跤,你看这日子呀好不好"。

特别喜欢的一首酸曲这样唱:"说山挡不住云彩树也挡不住个风,神仙儿老家也挡不住个人想人,宁教那个皇上的江山乱,也不能叫咱俩的关系断。"四句歌,唱出了自然、宗教、政治、情感。人世间所谓的永恒和瞬间,不过都在这些字字句句之间!所以呀,我便休——过了一回黄河没喝上黄河的水,交了一回朋友没亲过妹妹的嘴。擀了一块双人毡没和妹妹睡没和妹妹睡,哥哥走了妹妹你后悔呀不后悔?

子谓伯鱼曰:"女为《周南》《召南》矣乎?人而不为《周南》《召南》,其犹正墙面而立也与!"孔子告诉自己的儿子说:你若不懂"周南""召南"这些地方的酸曲,就像是面前有墙一样,不容易找到那归去的路啊!

观自在

良辰美景

她绣花,她能绣下整个花园里的春风;她吟诗,河中心的小洲上就会有水鸟掠过先生的胡须迅捷而去。记得当时,柳条有柳条的柔顺,夕阳有夕阳的黄金,眼前有个聪明的丫鬟,梦里有个俊俏的书生。

那一年,她十六岁。

岁月静好,人世安稳。小姑娘在花园里,就能走进春梦中。出来之后,又是一生。

从春梦中走出来的人,当然,还想再回到那个同样的梦中。但是,化成雨水的那些云彩,已经怀抱了更加沉重的现在。而现在,她必须先要完成这江河湖海的一生。

最爱杜丽娘的人,也许不是柳梦梅,却是汤显祖。他说:"如丽娘者,乃可谓之有情人耳。情不知所起,一往而深,生者可以死,死可以生。生而不可与死,死而不可复生者,皆非情之至也。"——真爱一个人,自然可以为他由生而死,也可以为他死而复生。如果不能做到,那只是因为情深不至罢了!

所以,牡丹亭前,是"袅晴丝吹来闲庭院,摇漾春如线。停半晌、整花钿。没揣菱花,偷人半面,迤逗的彩云偏",是"你道翠生生出落的裙衫儿茜,艳晶晶花簪八宝填,可知我常一生儿爱好是天然。恰三春好处无人见",是"原来姹紫嫣红开遍,似这般都付与断井颓垣。良辰美景奈何天,赏心乐事谁家院"……也是那书生近前来,单说一句:"小姐,咱爱杀你哩!"

如果有人评选古今中外最佳情话,我想,那书生这一句"小姐,咱爱杀你哩!"值得重点推荐。三十年前,看到身边的朋友和陌生的美女搭讪,最常见的说法是:"你家(或你的学校、你的单位)是不是在什么什么地方附近啊?我好像在那里见过你!"当时我这心里,是真为朋友着急啊!你说,这样一个毫无新意且臭遍了街的桥段也好意思说出口,如果不招人白眼的话,连我都要为那个智商情商均与外表不成正比的姑娘脸红!但是,我还真不敢对朋友推荐说,你就用柳梦梅的那一句吧:"小姐,咱爱杀你哩!"

也许,那样的说法,确实太"生猛"了些。毕竟,那是在梦中;毕竟,那梦中的良辰美景,其时,正在眼前。

古时候,有位禅师做梦:梦见自己外出参学时,路经一座高山,突然从山坡上面蹿出一只猛虎,冲着自己就扑了过来。这位禅师一看,大呼小叫,扭头就跑,眼看着就要被老虎追到吃掉了……这时候,他被惊醒了。这禅师醒了之后,知道是一场梦,非常后

观自在

悔!他反反复复地痛骂自己:不争气的东西,为什么不在梦里也学学当年的佛陀,舍了自己给老虎吃掉呢?如此,岂不是又保全了自己的肉身,又因这起心动念积累了道业?

但是我想,这故事中的禅师,如果在梦中的危急关头是真的有心要舍身饲虎,也许那场景反而不是梦了——或者就是老虎真的把这禅师给吃掉,老虎得了温饱,禅师少了烦恼,山林寂寂,天下太平!

天下的事情,一旦有了算计在其间,就会很难办,也会很难看。西北民歌中有一种曲调叫作"花儿"的,多咏男女之情,情真意切,直抵人心。其中一首这样唱:"花儿本是心上的话,不唱是由不得自家。钢刀拿来头割下,不死就还是这么个唱法。"要能诚心诚意地唱出这样的歌来,才有资格说:"小姐,咱爱杀你哩!"

当年,禅宗六祖慧能大师座下,共有四十三人得法。内有一位本净禅师,写过一个关于梦与觉的偈子:"视身如在梦,梦里实是闹。忽觉万事休,还同睡时悟。智者会悟梦,迷人信梦闹。会梦如两般,一悟无别悟。"这一世这一生,本来就如同在梦中。有智慧的人会参悟梦,没智慧的人会迷信梦,可是说到底,参悟梦和迷信梦也都是梦的一部分。那么,那个做梦和没做梦的人,分别又是哪一个?

其实那是同一个人!比如,在那《牡丹亭》中,就都是汤显祖。岂但杜丽娘是他,柳梦梅是他,春香又如何不是他?陈最良又如何不是他?杜宝又如何不是他?皇上又如何不是他?就说这"良辰美景",又何尝只是那个十六岁的少女在牡丹亭的所见所感所思所遇？回首一生，当你觉得遇到了你真正喜欢的那个人，那个美好的时刻在你心中，又如何不叫良辰美景？

唐代诗僧怀浚有诗："家住闽川东复东，其中岁岁有花红。而今不在花红处，花在旧时红处红。"学禅之人，皆有深情。因了"青青翠竹，皆是法身；郁郁黄花，无非般若"，那花"红"与不"红"，或者并不重要了。重要的是，你可还记得你那良辰美景与那旧时的初心？

要说起做梦这种活儿，确实是庄子干得最风雅。《庄子·齐物论》上说："昔者庄周梦为胡蝶，栩栩然胡蝶也。自喻适志与！不知周也。俄然觉，则蘧蘧然周也。不知周之梦为胡蝶与？胡蝶之梦为周与？"过去庄周梦见自己变成蝴蝶，是多么生动的一只蝴蝶啊，愉快而又惬意！却不知道自己原本是庄周。突然间醒来后，在惊惶不定之间又发现：原来，我是庄周。也不知是我庄周在梦中变成蝴蝶呢，还是蝴蝶在梦中变成了我庄周呢？

杜丽娘跟前那个小丫鬟春香说：都不是！先生啊，这"关关雎鸠，在河之洲"，可不就是说的咱们老爷家里的事儿？"不是昨日是前日，不是今年是去年，俺衙内关着个斑鸠儿，被小姐放去，一去去在何知州家！"

观自在

一朝风月

气场强大的美，会让人自惭形秽，止步不前。

但是，细水长流的日子，又总是让人在各种琐碎之中，淡薄了太多的真情和美意。看云彩看得最多的人，估计和"云卷云舒""去留无意"这些都没什么关系，他应该主要是在惦记着明天是下雨还是不下雨？又或者是下大雨、下中雨，还是下小雨？

唐代的时候，有位僧人问崇慧禅师："达摩祖师还没有到中国的时候，咱们中国有没有佛法呢？"崇慧禅师说："那些假定的事情我们暂且不说它，我且问你：现在已经不是那个时候了，你应该怎么做？"这僧人无言可对，只好再次请教说："我实在是不能领会，还请大师指点。"崇慧禅师告诉他："万古长空，一朝风月。"

我小时候也听过一个故事。说是很早很早以前，有那么几位乡下的大婶在一起闲谈，想象宫中娘娘过的舒坦日子。张家大婶说：

"娘娘金枝玉叶，早上鸡叫之后都不用起来织布的，想睡到几时起床，就睡到几时起床！"王家二婶说："那当然！还有，娘娘早上起床之后也不用招呼，底下的宫女太监们，就会自动把烤山芋和烙糖饼全部端到她面前，娘娘想吃多少，就吃多少！"不过，这故事我当时却并不能听懂，只觉得那烙糖饼的热气和香气就这么热腾腾、香喷喷地扑到了自己面前，就看到了大人们都在笑，就也跟着傻笑。

天下的事情，它自己的情形是一回事，别人念想里的是另一回事。多少人义正词严、理直气壮地说"对"、说"错"、说"是"、说"非"，也许，比不上一只母鸡下蛋之后的打鸣声，对于这个世界更有意义！

我不太知道华语乐坛的"音乐教父"罗大佑先生和"香港的女儿"梅艳芳小姐之间，有没有什么感情故事，但是，我曾深深地感动于罗大佑先生在香港的一次个人演唱会。那时候，梅艳芳小姐已经离世，在这个演唱会中间，罗大佑突然就说到了梅艳芳，他低沉舒缓地说："我把这首歌，《似是故人来》，献给我们的梅艳芳小姐。阿梅，这个女孩喜欢迟到……"这时，音乐声响起，好像从来没有过什么改变，也没有过什么阴阳相隔一样，梅艳芳的原声也已然响起："同是过路，同做过梦，本应是一对／人在少年，梦中不觉，醒后要归去……离别以前，未知相对，当日那么好／执子之手，却又分手，爱得有还无／十年后双双，万年后对对，只恨看不到……"阿梅，这个喜欢迟到的女孩，这一次，她走得早了。这一次，她走得早——所以，她，早早地，就一直都在那里，就再也不会迟到

观自在

了……

《似是故人来》，林夕词，罗大佑曲，梅艳芳原唱，1990年度电影《双镯》主题曲，获第十一届香港电影金像奖最佳电影歌曲奖。歌曲颁奖时，阿梅和林夕一同上台领奖，罗大佑因事缺席。十几年以后，迟到了十几年的罗大佑隔空伴奏，和十几年以前那个喜欢迟到的女孩，共同演绎了只属于他们的"一朝风月"。这时，全场的沉默，全场的唏嘘，全场的掌声和屏幕之外的我的泪水，可是他们的"万古长空"？

说到"死"，这种事情，其实连圣人都是不想多说的。比如：季路问事鬼神。子曰："未能事人，焉能事鬼？"曰："敢问死。"曰："未知生，焉知死？"像子路这样的学生，对于每个老师来说，都是宝贝！他开朗、直率、勇于提问又不怕打击，他好模好样地去请教老师："怎样去侍奉鬼神呢？"孔子却训斥他："你连人都没能侍奉好，怎么能侍奉鬼呢？"子路也不含糊，好！您不教我如何侍奉鬼没关系，既然是"人死为鬼"，那么我再请问："死是怎么回事？"孔子果然是"诲人不倦"兼且"毁人不倦"："你呀！还不知道活着的道理，怎么能知道死呢？"跟你说了，你也不懂！

汉语确实是博大精深的。比如，"风"和"月"、"云"和"雨"，本来都是简单常见的自然现象，可是一旦合起来，就变为"风月"和"云雨"，就立刻上升为人和人之间的复杂隐晦的情感动作。所以，不要说孔子对子路所问的不回答，且看崇慧禅师回答的"万古长空，一朝风月"，又岂是那个多嘴的僧人所能理解的呢？

话说宋朝又有位德普禅师，天赋豪纵，急公好义，辩才无碍，禅风高峻。晚年之后，有一天对弟子们说："方丈大和尚们往生后，各庙都要举行祭拜，我看这样做太假了！你们想啊，人死之后是否吃到祭品，有谁知道呢？我若是死，你们要在我死之前先祭拜。这样吧，从现在起，你们可以办祭了。"有这样的师父，自也有这样的弟子。就有弟子戏问道："那师父您啥时往生？"德普禅师回答："等你们把祭拜的程序进行完，我就走。"弟子们一是听话，二也是为逗他老人家高兴，就真的煞有介事地操办起来。帏帐寝堂设好，禅师坐于其中，弟子们上香、上食、诵读祭文，禅师也一一领受。门人弟子们祭毕，是各方信徒排定日期依次悼祭，这样热热闹闹地搞了四十多天，这才把程序全部进行完。于是，德普禅师对大家说："明天雪停之后，我就走！"当时，天上正在飘着鹅毛般的雪花。大家听了，自然是个个相视一笑，全不当真！但是次日清晨，却见雪忽然停止，而那德普禅师焚香盘坐，也已怡然化去。

我想，当那崇慧禅师说"万古长空，一朝风月"之时，要是罗大佑先生在旁边就好了！那样聪明、那样深情的一个才子，他一定可以用他《恋曲1980》中的一句歌词来反问禅师说："爱情这东西我明白，但'永远'，是什么？"

观自在

仁远乎哉

北宋司马光，有两件事情在历史上大大有名：一是小时候"砸缸救人"；二是长大之后编纂《资治通鉴》。一部《资治通鉴》，有学者称之为"此天地间必不可无之书，亦学者必不可不读之书"。曾国藩评价说："窃以先哲惊世之书，莫善于司马文正公之《资治通鉴》，其论古皆折衷至当，开拓心胸。"毛泽东主席更是告诉别人说，自己曾读《资治通鉴》"一十七遍，每读都获益匪浅。一部难得的好书噢……中国有两部大书，一曰《史记》，一曰《资治通鉴》，都是有才气的人，在政治上不得志的境遇中编写的……《通鉴》里写战争，真是写得神采飞扬，传神得很，充满了辩证法。"

话说作为国家公务员的司马光，当年最风光、最引人关注的其实并不是这两件事。那时，他身为大宋朝的中央政府监察部长，对自己的老朋友、时任副宰相的另一位文学家王安石之变法提出了针锋相对的不同意见，令朝野上下，人所瞩目。最后，神宗皇帝虽然没有采纳司马光的意见，却非常看重他的才干，准备把他提拔为分管军事和财政工作的副宰相。考察、公示，相关程序全部都已经走完，就等着任命了。谁知，犯了倔脾气的司马光大概是想起了孔子对颜渊所说"用之则行，舍之则藏，唯我与尔有是夫"那句话，认认真真地以自己"不通财务""不习军旅"为由，谦逊但是坚决地拒绝了组织上的关心和重用，接连五次上疏要求到基层挂职，终于，以端明殿学士的身份到西安去做了地方官。第二年，又因为替人出头，为反对王安石变法导致被罢官的朋友上疏鸣不平，再一次被干部交流到了洛阳。此后，他长达15年时间绝口不论政事，做到了真正的"闲居"。为此，自己还写了《闲居》诗自嘲："故人通贵绝相过，门外真堪置雀罗。我已幽慵僮便懒，雨来春草一番多。"我啊，自从到了地方上任职，故人们都忙着升官发财去了，这些家伙来的次数比鸟还少。主人清闲，仆人更懒，随便的一场雨下来，那疯长的青草就把这院子衬得像个荒郊野外……

他嘲完了自己，或者，又想起了孔子的另一段话吧——"君子之德风，人小之德草，草上之风，必偃。"于是，那个我想象中的司马光，当在这远离京师之地，淡然、怡然、跃跃然，养自己的浩然之气，锄内心的蔓蔓野草了吧？这时候，我还相信，他遥望着隔山隔水的东京汴梁方向，应该会喟然一叹，且再一次对着自己来背诵孔子的名言吧——"仁远乎哉，我欲仁，斯仁至矣！""仁"，怎么可能远吗？我若真心想要达到"仁"，就一定能够完成"仁"！

有人统计，在《论语》一书中，这个"仁"字居所有概念之

观自在

首,共涉及60章,出现109次。不论是谈为政、处世、交友之道,还是谈做人、讲学、修身之法,孔子都以"仁"为核心来展开论述。由于孔圣人的教育思想和教育方法,向来都是"知""行"并重(比如《论语》开篇,首句就是"学而时习之"),所以,圣人所说的"仁",应该既是一种理念和标准,更是一种实践和印证。

本来,真要是有人来问我,何者为"仁"?我想,我也真的只能答他"难言也"!不过,这人若是问在此时、此处,就从司马光认真实践范仲淹写在岳阳楼上那两句"居庙堂之高则忧其民,处江湖之远则忧其君"的实际行动来看,这位"砸缸大叔"元气淋漓、精神十足的"闲居"写作,就称得上"求仁得仁,又何怨哉"了!如此,东奔西走于八荒六合之中,若少了那一念的清净和一贯的坚定,又哪有个"仁"字可说?又如此,我也常自我反省自我思忖:想我这年近半百之人,每有自卑懈怠,乃至坠落于但为一己之私、凡事皆似可为之境地,面对孔子他老人家的再三再四之叹:"仁远乎哉,我欲仁,斯仁至矣!"怎能不受激励?怎能不自奋起?

其实,司马光在他所谓"闲居"的十几年间,还真没闲着。一部294卷、300余万字的《通鉴》,在他的辛勤努力下,终于完成面世。作为中国第一部编年体通史,此书与司马迁的《史记》并列为中国史学的不朽巨著,所谓"史学两司马"。而且,在当时就已经引起轰动,史载:宋神宗阅后龙颜大悦,金口玉言其"鉴于往事,有资于治道",钦赐书名《资治通鉴》。

想那司马光当初面对满院疯长的野草之时,如果也不平、也沮丧、也抱怨、也沉沦……他的这一辈子,估计也就是个小时候砸过缸、长大后反对过改革的这么一个封建官僚而已了。但是，他没有！他明白，就像真正集希腊哲学思想之大成者、古罗马最著名的斯多葛学派哲学家爱比克泰德在其《沉思录》中所说的那样："伤害我们的并非事情本身，而是我们对事情的看法。事情本身不会伤害或阻碍我们，他人也不会。我们如何看待这些事情却是另外一回事。困扰我们的正是我们对事情的态度和反应。"自然，司马光一定没有读过这段话，但是他读过这段话："仁远乎哉，我欲仁，斯仁至矣！"

几年前，看电影《醉乡民谣》。当那首经典歌曲《五百英里》突然响起之后，好像，就永远停留在我们的耳畔："如果你错过了我坐的那班火车／你应明白我已离开／你可以听见一百英里外飘来的汽笛声／一百英里，一百英里……上帝啊，一百英里，两百英里／上帝啊，三百英里，四百英里／上帝啊，我已离家五百英里……上帝啊，我已离家五百英里／我衣衫褴褛／我一文不值／上帝啊，我不能这样回家……"我，也就在那时突然明白了：其实，他，是多么想要回家啊！

回家啊！回家。我们向外走得太远太远了，我们就离"仁"太远太远了！要知道，"仁"，本来就在我们的身边；要知道，"仁"，本来就在我们的心田。

观自在

皇帝的澡盆

话说在上古的时候,皇帝,不是一个人人都愿意干的活儿。比如说许由吧,据传他是尧舜时代的贤人,一位高尚清节之士。相传尧帝要把君位让给他,他坚辞不受,逃到了箕山下,自己动手,丰衣足食。后来,尧帝又派人找到他,请他出山做九州的长官,他气得跑到颍水边上洗耳朵,说是这些世俗浊言把自己的耳朵都污染了。

这个人!气性,可是真大啊。

他,能够洗干净他的脏耳朵吗?答案很清楚:他当然洗不干净!

深究起来,任何人的耳朵脏还是不脏,应该都与别人说的话没关系。但是,如果一个人的心比较脏,自然,他的眼、耳、鼻、舌、身、意,恐怕,就都是脏的了。按照许由的逻辑,当皇帝就是满足自己的一己之私或者是贪慕富贵！这等肮脏事，他坚决不为！

可是，如果当皇帝是为了给老百姓服务呢？这事，脏，还是不脏？这样看来，事情或者言语的"脏"或者"不脏"，全在于许由自己的心里"脏"或"不脏"了。再往深了说，如果许由的那两只脏耳朵真能用河水洗干净，那么，"亚圣"孟子算是怎么回事？

有一天，孟子对自己的学生说：每五百年就会有一位圣贤君主出现，他的身边必定还有名望很高的辅佐者。从周武王以来，到现在已经六百多年了。从年数来分析，已经超过了五百年；就时势来考察，也应该正是时候了。大概老天不想使天下太平了吧，如果想使天下太平，在当今这个世界上，除了我还有谁能做到呢？

"当今之世，舍我其谁也？"这句话，不就是理直气壮地索要"高官得做、骏马得骑"嘛！可是，这话由孟子说出来，非但不脏，而且干净得很。而且，让人听着就远比装腔作势去洗耳朵的虚伪行径让人高兴、让人振奋、让人热血沸腾、让人可以为之"浮一大白"……其实，上古的那些贤君明主们，人家也洗脸、洗澡，当然也洗耳朵，但是人家洗的就是自己，自己身上的尘垢跟别人的说话做事可是真没有半毛钱关系！

不仅如此，人家洗的还不只是自己的身体，人家还会洗自己的心灵！商代的开国君王成汤有个青铜做的澡盆，上刻九个字："苟日新，日日新，又日新。"意思是：如果在一天之间就能够焕然一新，那就可以做到天天都能够焕然一新，这样的话，自然天长地久永远除旧迎新！

这所谓"汤之盘铭"，即是刻在澡盆上的话，其中的"新"字，自然包括了肉体之"新"。不过，我相信，成汤刻上这段话的动机，重点在于警示自己更要有精神之"新"。我还相信，这个警示，对于成汤而言，必定还包含这样的意思：作为一国之君，必须要让自己的国家日新月异地发展，必须要让自己的百姓每天都向着生活富足道德高尚的新目标无限接近。

后世儒者，深受鼓舞，他们在《大学》里面开宗明义地指出："大学之道，在明明德，在亲民，在止于至善。"这个"亲"字，其实是"新"字，所以：大学的宗旨在于让光明正大的品德更加彰显，在于使人弃旧图新，在于使人达到最完善的境界。如何求"新"？两个字：修德。

孔圣人怕大家听不明白，专门解释给学生们听："君子之德风，小人之德草。草上之风，必偃。"君王或者高官们啊，你们的品德好比是风，一般人的品德好比是草，风吹到草上，草就必定跟着倒。"统治阶级的思想在每一个时代都是占统治地位的思想"（马克思语），所以，你们自己，一定先要修德啊！

孔子他老人家用心良苦，言语恳切，至于有多少人能听得明白做得到，那是只好"尽人事听天命"了。但是，至少，在他所向往的时代里，"总有一种感动，让人泪流满面"——话说周代的开国君王周武王，也有个青铜做的脸盆，上刻二十四个字："与其溺于人也，宁溺于渊。溺于渊犹可游也，溺于人不可救也。"意思是：与其淹没于小人中，不如淹没于深深的潭水之中。淹没于潭水之中还可以游出来，淹没于小人之中就不可救治了。这文字，真是让人看了既欢欣鼓舞又百感交集啊！

从澡盆到脸盆，或者还可以总结出另外一个意思：真理，总在日用平常中。换言之，真理的样子，一定是平凡的、朴素的，真理，就是生活本身。比如，老子说："上善若水。水善利万物而不争，处众人之所恶，故几于道。"比如，孟子说："恻隐之心，仁之端也；羞恶之心，义之端也；辞让之心，礼之端也；是非之心，智之端也。"比如，禅者说："扬眉瞬目、穿衣吃饭、担水劈柴，无不是禅。"

再比如，成汤说：澡盆。

其实，澡盆之有深意，不仅仅只是中国现象，而且也是世界现象。当年，德国唯物主义哲学家费尔巴哈在批判另一位德国哲学家黑格尔的唯心主义体系时，把其体系中辩证法的"合理内核"也一起抛弃。为此，全世界无产阶级和劳动人民的伟大导师恩格斯批判了费尔巴哈对待黑格尔哲学的错误态度，并指出："必须从它原来的意义上'扬弃'它，就是说，要批判地消灭它的形式，但是要救出通过这个形式获得的新内容。"接着，他用了一个生动形象、广为人知的比喻来说明这个观点："不能在倒洗澡水时，把澡盆里的婴儿一起倒掉。"

又，按清代沈德潜在其所著《古诗源》中对于成汤那只青铜澡盆上铭文的注释所说："诸铭中，有切者，有不必切者，无非借器自儆，若句句黏著，便类后人咏物。"看来，这澡盆上的铭文如果写得好，就是一首咏物诗啊！于是，真理，其实也是诗歌；于是，"善"和"美"，其实也就是"真"。

这样想着，我愈发觉得，这澡盆，果然是意义重大呢。可是一

观自在

不小心,我又想得多了一点,从成汤,忽又想到了丹麦作家安徒生《皇帝的新装》。假如在丹麦,确有那么一个皇帝,有那么一群大臣,有那么两个别有用心的骗子,突然穿越到中国来,又会有多少老实纯朴的百姓,真的会相信他们不仅已经"苟日新,日日新,又日新",而且,还穿着那么一件无比华丽神奇的衣裳呢?

好在,我们从小就饱读诗书,对于圣人之言早已内化于心、外化于形:我们"志于道,据于德,依于仁,游于艺",我们"澡雪精神",我们"游必有方",我们把成为"一个高尚的人,一个纯粹的人,一个有道德的人,一个脱离了低级趣味的人,一个有益于人民的人"作为自己的人生目标,这样,我们就必有一种精神、一种智慧、一种能力,心游万仞,同时,又脚踏实地。因为,我们相信:我们只能通过自己的努力,才能"苟日新,日日新,又日新"。

我们每个人都是自己的皇帝。所以,我们,都要为自己准备一只:自己的澡盆。

江上数峰青

江风浩荡,天地苍茫!月光摇晃波浪,神话催生忧伤,是"知我者谓我心忧,不知我者谓我何求"中的忧伤吧?就像微笑总是很轻一样,忧伤的份量,总是很重,并且,穿透力很强!现在,它轻易地穿透了一千二百多年的时光,穿透了一千二百多年的追怀、向往、失落、梦想……带着一个人的吟诵声如锋镝之响,打在了用永恒制作的箭靶上。

这个人,叫作钱起:唐大历年间著名诗人,大书法家怀素和尚的叔叔。其时,他正在大唐首都参加公务员国考,他眼前的试卷上,命题诗歌的题目赫然写着四个字:"湘灵鼓瑟"。这用典,出自屈原的《楚辞·远游》"使湘灵鼓瑟兮,令海若舞冯夷"句。湘灵,上古舜帝之妃,因南来寻夫溺于湘水,故成为湘江之女神。所以,湘灵鼓瑟,意味深长——那弹琴鼓瑟的湘江女神啊,她是在用音乐来抒发自己寻夫不遇的遗憾和溺水而亡的忧伤呢？还是说，她是在用音乐来表达自己对于那以天下为己任的丈夫舜帝全心全意为老百姓谋福祉的钦佩与支持呢？又或者，她是在用音乐来思念，来盼望，来把另一个世界的祝福送到人间呢？果然是：此曲只应天上有，钱起能得几回闻？

考生钱起，必须闻！作为大历十才子之首，就在这考场之上，他不仅把"此曲"听得清楚明白，而且把"此曲"写得神奇瑰丽、动人心魄。他说，那乐曲让神仙为之伴舞，让金石为之凄苦，让大江一去不回，让悲风翻山越水，让受过的委屈和侮辱不再成为心的负累，让散发着芬芳的灵魂穿越时空循环往复……最后，他让我们看到："曲终人不见，江上数峰青。"

《旧唐书》记载："别人家的孩子"钱起，小时候就聪明，在乡里人见人爱花见花开。有一次外出住旅馆，趁着一晚的好月亮，在院子里面散步，忽听院门外面有人吟诗，"曲终人不见，江上数峰青"。打开院门一看，又空无一人。一个晚上，如是者多次。到了唐天宝十年即公元751年，钱起参加省试，写"湘灵鼓瑟"时正愁于没有精彩诗句结尾，忽想起当年在院内所闻诗句，于是结之。于是，此诗受到了各方各面的充分肯定和高度评价，"谓有神助"，于是高中。

我明白这是在夸老钱，夸他那最后一句是神来之笔，妙手天成！说心里话，我是绝不相信这故事的真实性。但是我却绝对相信：必定有那么一个夜晚，诗人钱起钱仲文，面对着高山大川，心潮澎湃，浮想联翩！

当然，钱起不是第一个面对着高山大川浮想联翩的人。依文字记载，第一个，自然是我们中华民族的人文始祖伏羲。面对天地日月，高山大河，伏羲老祖"一画开天"（陆游《读易》语），画出八卦之"乾"卦后，观山在水上之象得一"蒙"卦。其《象辞》说："山下出泉，蒙。君子以果行育德。"上卦为"艮"，象征山；下卦为"坎"，象征泉。山下有泉，泉水喷涌而出，这是"蒙"卦的卦象，也是"江上数峰青"的实景。"蒙"卦的《象辞》启示后世：想要成为"君子"的人，面对这样的境界，就要向水学习、向山学习，切实做到用果敢坚毅的行动来培养自身的品德。

当然，钱起也不是最著名的面对着高山大川浮想联翩的人。"天不生仲尼，万古如长夜。"圣人孔丘孔仲尼说："智者乐水，仁者乐山；智者动，仁者静；智者乐，仁者寿"；他"登东山而小鲁，登泰山而小天下"；他回答子贡的提问时说"夫水大，遍与诸生而无为也，似德；其流也埤下，裾拘必循其理，似义；其洸洸乎不尽，似道；若有决行之，其应佚若声响，其赴百仞之谷不惧，似勇；主量必平，似法；盈不求概，似正；淖约微达，似察；以出以入，以就鲜絜，似善化；其万折也必东，似志。是故君子见大水必观焉"；他"观"了这"大水"之后，思接千载，一声浩叹："逝者如斯夫，不舍昼夜……"

现在，让我们再一次翻开《易经》。这有着"群经之冠"美誉的中华文化的瑰宝，让我们在文化的源头身临其境地体会"江上数峰青"："蒙"卦之象，上"艮"下"坎"。"艮"为山，为挺拔，为坚固，为"止"。"止"在哪里？"四书之首"《大学》开篇即说：

观自在

"大学之道，在明明德，在亲民，在止于至善。"让每一个人都能品德高尚，把言行都"止"于最真最善最美之境地。"坎"为水，为险，为陷，为困难重重。怎样脱险？"坎"卦卦辞说："有孚，维心亨，行有尚"。真诚，不忘初心，奔流不止、坚强刚毅的行为必然被人们所崇尚，所谓"上善若水。水善利万物而不争，处众人之所恶，故几于道"。身处大家都不愿意待的困难之地，修持自己，与人为善，又何险之有呢？

在那个看山看水的夜晚，钱起一个人站在那里，不！他不是一个人，他是和千千万万个古往今来、血脉里共同流淌着中华文化基因的人们，一起站在那里。他们面对江水和时间，他们面对青峰和空间，辨析物质与精神，品味流逝与永恒，他们知道所有的人、所有的事、所有的时间都和江水一样会成为过去，但是，必定会有名字、会有品格、会有语言、会有行动、会有精神、会有坚持如日月之明光照千秋！这些名字、这些品格、这些语言、这些行动、这些精神、这些坚持永远如青峰之屹立，突显于天地之间，突显于历史的长河之上。

也许，作为一个感叹着"曲终人不见"的人，是会有些孤独吧？可是，"天底下没有不散的筵席"啊，热闹总是当下的，且短暂，甚或近于虚无。而清寂却平常，也恒久！所以，那"白茫茫大地真干净"固然可以理解为凄凉沉痛，可若是把这场景当作干脆利落的万物生发之初，不是也透着在一张白纸上好做新画的兴奋和欣然吗？

这种兴奋和欣然，不仅仅成就了中华文化"生命的学问"，也在全世界都得到了响应,产生了共鸣,或者说是其理一然、殊途同归。三百多年以前,那位以"知识就是力量"的名言广为世人所知的英国哲学家、经验主义哲学奠基人培根,也曾转述过一句名言:山不过来,我过去。在这故事的背后,我们同样可以如此联想:山,在江水之上,不就是在历史的长河之上吗?山不过来,山,希望我们都像他一样,信念坚定,毅然、决然,凸显着真切的美好,承续着真理的火焰!

想到这个故事,也再一次帮助我们来印证对于下面这段话的理解和体认:"文化自信,是更基础、更广泛、更深厚的自信。在5000多年文明发展中孕育的中华优秀传统文化,在党和人民伟大斗争中孕育的革命文化和社会主义先进文化,积淀着中华民族最深层的精神追求,代表着中华民族独特的精神标识。"

在这个世界上,每个人都是生活的考生、时间的考生。我们当然可以像钱起一样,记录下江水,记录下青峰,但是我们也可以像古圣先贤一样,更是像自己一样,成为那浩浩江水之中,每一座挺立的青峰。而现在,我首先要选择一个夜晚,在江边,看天地悠悠、山川竞秀,看泱泱华夏的人文化成、沧海横流……

观自在

良相与良医

按《说文解字》所说:"巫,祝也。女能事无形,以舞降神者也。""巫"这个字,在甲骨文里,像古代女巫所用的道具。在小篆里,则是像女巫两袖舞动的样子。它的本义就是在上古时代,能够以舞降神的人。也有人从会意的角度解释说:"巫",从"工"从"人","工"的上下两横分别代表天和地,中间的"丨",表示能上通天意,下达地旨;加上"人",就是通达天地,中合人意的意思。总之吧,在很久很久以前,"巫",从事着一种极端高、大、上的职业,是贵族中的智者,或者,他直接就是有智慧的王,有智慧的领袖。比如:那个著名的治水英雄大禹,就是一位大"巫"。据说,他因为辛劳治水,长年行走于又湿又滑的泥泞中,走起路来迈不开脚,只能以小碎步的形式行进。久而久之,大禹的这种步伐就被时人称为"禹步",成为后世的道士们做法时的一种仪式感很强的步伐,也成为巫觋求神的舞步。秦汉以前,各朝统治者都以"巫"者的言教作为官方的教化,时以帝王为"巫"师。但是后来,这种言教配上了五行阴阳之说,又渗进了佛教、道教和民间信仰的成分,并逐渐走向民间,使跳神、祈雨、祛灾、治病、看相、算命、请神、走冥、招魂、灵姑等形式和功能都应运而生,"巫"者,终于离开了高贵巍峨的庙堂,成为为社会主流价值体系所轻贱的底层江湖人物。

好了,下面,即将有一位"巫"者闪亮登场了!时间:距今一千余年前的北宋;地点:在今天山东的邹平一个小村镇;人物:除了那位居中的算命先生,还有里三层外三层看热闹的围观者。不过,真正交钱算命的顾客并没几个。这先生心中气恼,表面上,偏又不便发作,只好有一搭没一搭地陪着多嘴的看客们闲话。突然,有个七八岁的孩子从大人的腿缝之间挤了进来,径直请教先生:"先生先生,您看看我,长大之后能不能做宰相?"先生仔细地端详了一下眼前这个衣衫褴褛的小屁孩儿,刚好为自己的愤懑情绪找到了一个宣泄口,斩钉截铁地说:"不能!"在众人的哄笑之中,那小屁孩儿显然非常失望,但却并不气馁。又说:"先生先生,那,您再看看我,长大之后能不能做医生?"背过韩愈《师说》的人一定都记得这段话:"巫医乐师百工之人,君子不齿,今其智乃反不能及,其可怪也欤!"大意为:巫者、医者和乐师,以及那些做各种工匠的人,是君子们所不屑一提的,但是现在,那所谓君子们的见识竟反而赶不上这些人,真是令人奇怪啊!孩子这一问,让算命先生的好奇心战胜了自己内心的愤懑,他反问这孩子说:"刚才,你小子还想着要当位极人臣的富贵宰相,怎么一下子就落到了要当地位轻贱的贫寒医生了呢?"小屁孩儿回答说:"俺娘告诉我,不为良相,即为良医。大丈夫立于天地之间,这两件事最能造福百姓。既然当不了好宰相,我就想当一名好医生。"算命先生听了之后,大为感慨,不由摸了摸这孩子的头说:"孩子啊,你有这份心,就是当不了良相,也能成为名将!"

俗话说"高手在民间",确实是"然哉然哉",诚不我欺也。这位"巫"者"铁口直断",果然把那孩子的命运断得极准!"书中暗表",故事里的小屁孩儿长大之后,自己给自己改名为:范仲淹。

范仲淹,籍贯为苏州吴县,却生于徐州。其两岁丧父,随母亲谢氏改嫁山东淄州长山朱文翰,遂取名朱说。直长到23岁了,才知道自己是姑苏范氏之子。因为不愿让母亲伤心和为难,他并没有立即提出恢复范姓之事。29岁那年,遵母命正式复姓、更名。57岁上,他写下了千古名篇:《岳阳楼记》。

中国文学史将永远记住北宋庆历六年即公元1046年的那一天:因为庆历新政失败被贬,由中央下放到地方担任邓州市长的范仲淹,面对着好友滕子京关于请其为新修缮的岳阳楼作"记"的书信,面对随信所附的《洞庭晚秋图》,百感交集,思绪万千!一会儿,他的眼前是"衔远山,吞长江,浩浩汤汤,横无际涯;朝晖夕阴,气象万千";一会儿,他的眼前是"霪雨霏霏,连月不开,阴风怒号,浊浪排空;日星隐曜,山岳潜形;商旅不行,樯倾楫摧;薄暮冥冥,虎啸猿啼";一会儿,他的眼前是"春和景明,波澜不惊,上下天光,一碧万顷;沙鸥翔集,锦鳞游泳;岸芷汀兰,郁郁青青。而或长烟一空,皓月千里,浮光跃金,静影沉璧"……话说,那啥,时移事异,对景生情,究竟应该"感极而悲者矣",还是应该"其喜洋洋者矣"?范市长这两个问题,问得很老实、很真实,也很务实。

这种问题,有点类似于列子编的那个"两小儿辩日"的故事:说是一个孩子讲,太阳刚升起时看起来大,到了中午时看起来小,按照近大远小的道理所说,太阳应该是早上的时候距离人近。但是另一个小孩儿又讲,太阳刚出来时天气凉爽,到了中午的时候特别热,按照热源靠近时就感觉热、离远时就感觉凉的道理所说,太阳当然是中午的时候距离人更近。结果,据列子说,这问题连孔子孔圣人都被难倒了。

按我的想法来说,列子的"两小儿辩日"与范市长的"洞庭湖悲喜之问",其相似之处在于两者有一个共同的特点:都是从自己一时一地的个人感受出发,来做出判断。这样的话,天底下又哪有个什么"永恒的真理"呢?要说这"两小儿",他们可能是真正地不明白;但是范市长,却绝对是揣着明白装糊涂——他的心中,早有答案:予尝求古仁人之心,或异二者之为,何哉?不以物喜,不以己悲;居庙堂之高,则忧其民;处江湖之远,则忧其君。是进亦忧,退亦忧。然则何时而乐耶?其必曰:"先天下之忧而忧,后天下之乐而乐"乎?

说得多好啊!在邓州的花洲书院,当此正在奋笔疾书《岳阳楼记》的范市长写到"先天下之忧而忧,后天下之乐而乐"之句时,那必定是百花齐放,龙凤呈祥,天下归仁,世界大同!本来,邓州作为中原天府、丹水明珠,其历史悠久,人文底蕴深厚。比如,邓州是全球华裔"邓姓"发源地;比如,邓州是医圣张仲景故里;比如,邓州享有"中国第一雷锋城"荣誉称号;比如,邓州还是老一辈无产阶级革命家习仲勋祖居地(1958年6月15日,时任国务院秘书长的习仲勋同志随周恩来总理到十三陵水库工地劳动,在休息时他向总理等人介绍说:"我的祖籍在河南邓县,那时祖父只有二亩半地,日子过得很苦,加之天灾、匪祸不断,全家逃到了陕西富平。")……但是,千年以前邓州市长范仲淹先生在花洲书院说的这两句话,无疑是最鼓舞人心,也最具影响力的"邓州好声音"!

作为中国古代优秀读书人的代表,范仲淹更是一个"知行合一"的典范——他从来都不是光说不练的"假把式"。据朱熹《三朝名臣录》记载:仲淹领延安,养兵畜锐,夏人闻之,相戒曰:"今小范老子腹中自有兵甲,不比大范老子可欺也。"陆游《老学庵笔记》卷一说:"予在南郑,见西陲俚俗,谓父曰老子,虽年十七八,有子亦称老子。乃悟西人所谓大范老子、小范老子,盖尊之以为父也。"范仲淹治军,胸中自有百万雄兵,且军纪严明、战斗力倍增,西夏人相互提醒说:这位"范爷"惹不起!老百姓们,还编出歌来唱:"军中有一范,西军闻之应破胆。"又据记载,范仲淹主政苏州,曾在南园买了一块地,准备卜筑安家。一位风水先生看了之后说:"这可是块风水宝地呀!谁家在此建家族学堂,必定会出文曲星,代代高中,辈辈富贵。"范仲淹听了之后,说:"那太好了!就用这块地给公家建一个苏州府学吧,让吴中子弟都来受教育,大家都富贵。"后来,吴中"登科者逾百数,多致显"。再后来，当年的府学，就成为现在的吴中学子们心向往之的苏州市第一所国家示范级高中、"中国百强中学"——江苏省苏州高级中学。

　　有学者考证：范仲淹终其一生，都没有去过岳阳楼。但是，他在自己的官场生涯向下走的那个阶段，为自己，也为后人，造了这座岳阳楼。他自己，先登此楼，做了个示范。然后，他也想看看：看看后世的公务员们，有多少人，能登上这楼去？

观自在

难忘的春游

我们小时候写作文，会遇到各种"系列"的题目。比如，"我的……"系列：我的爸爸，我的妈妈，我的爷爷，我的奶奶等等；比如，"跟……学……"系列：跟爸爸学骑车，跟妈妈学洗衣服，跟爷爷学种地，跟奶奶学扭秧歌等等；再比如，"难忘"系列：难忘的小伙伴，难忘的星期天，难忘的一顿饭等等；还比如——好了，终于说到正题了，还比如："难忘的春游"。

我还记得，对于类似于"难忘"系列这样的作文题，同学们都往往会写得装腔作势、言过其实。事实上，作为成年人的老师给孩子们列出这样的作文题，是不是在潜意识里本就有些盼着学生们早日成为那种装腔作势、言过其实的"成人"呢？当然，单就"难忘的春游"这个题目来看，基本上还是客观的、是实事求是的。因为，春游是大事！从十几天以前老师宣布这件大事开始，这十几天里的自己的各种盼望、家人的各种准备,到春游过程中同学们的各种简单的好玩和外面的世界各种复杂的有趣,那真是桩桩件件,委实难忘!

实际上,春游这样一件大事,对于小时候的我们来说是如此,对于古代的成人们来说,更加是有过之而无不及。第一,春游是一种政府行为。《史记·秦始皇本纪》有"皇帝春游,览省远方"之句;张衡在《东京赋》里说:"既春游以发生,启诸蛰於潜户。"三国时期吴国名臣、学者薛综注解:"春游,谓仲春巡行岱岳。"狭义的春游就是指皇帝在春天巡行,而且,要举行大典,朝拜泰山。第二,春游作为一种个人行为时,是解决青年男女终身大事的有效措施。《诗经·郑风》之"溱洧"篇,就写了少男少女借古之"上巳节"春游踏青活动相爱之事:

> 溱与洧,方涣涣兮。士与女,方秉蕳兮。女曰:观乎?士曰:既且。且往观乎,洧之外,洵訏且乐。维士与女,伊其相谑,赠之以勺药。

溱水河啊洧水河,水波漾漾花儿朵朵。少男少女,相约踏青,大家在春游的过程之中,互相了解,互动戏谑,互赠礼物直至互定终身。然后,这民间的"王子和公主终于在一起,从此过上了幸福的生活……"这种抛开了"父母之命、媒妁之言"的婚恋方式,在现代汉语中还没有"自由恋爱"这样的词汇时,曾有一个专属名词,叫作"私情"——现在看来好像有点不好听,其实,"私"的本义是"禾",是"庄稼",假借为"自己的""私人的"意思。"私情"者,"像粮食一样重要的自己的情意",这样的私情,多美好啊!直到 20 世纪初,我们江苏的民间情歌中还多有对于这种"私情"的描绘与颂扬:"结识私情恩对恩,做个兜肚送郎君。上头两条勾郎颈,下头两条抱郎腰。"又勾又抱,情重恩深!再有,"山歌越唱越好听,诗书越读越聪明;整瓮头大酒越陈越好吃,私情路越走越恩情。"有诗有酒,有声有色,唱来唱去,唱的依旧是:"私情"出恩爱!

上,可以定乾坤;下,可以谐鸾凤。大哉春游!岂不难忘乎?

作为一种传统民俗,春游由"祓禊"(一种水滨举行祓除不祥的祭礼习俗)演变而成,古时一般在上巳节、清明节期间举行。魏晋时,定于农历三月三日。著名的《兰亭集序》即是记载东晋穆帝永和九年(公元 353 年)三月三日,王羲之与谢安、孙绰等四十一位国家公务人员,在山阴(今浙江绍兴)兰亭"修禊",会上各人作诗,王羲之为他们的诗写的序文手稿。而诗人杜甫名诗《丽人行》首句"三月三日气象新,长安水边多丽人",则是对唐代长安地区春游盛景的描绘。到了宋代,以春游为题材的诗人、诗作更多:如北宋王令《春游》句"满眼落花多少意,若何无个解春愁",对景伤春,沉郁其中;如南宋刘过《春游》句"趁取春光未狼藉,不嫌日日到花间","气吞胡虏"的诗人豪兴,在偏安一隅的小朝廷的算计里,只能换作强打精神,看花醉酒……至于同为南宋诗人的陆游陆放翁,一生之中更是以《春游》为题作诗十余首。这里面,有"方舟冲破湖波绿,联骑蹋残花径红。七十年间人换尽,放翁依旧醉春风"的自得，有"熟食从来少天色，东吴况是足春寒。城南藉草可痛饮，安得酒肠如海宽"的自许，但是，让人更加难忘的，还是"沈家园里花如锦，半是当年识放翁。也信美人终作土，不堪幽梦太匆匆"的自责！现在想来，与其说，是当年见证了陆放翁与表妹爱情的沈园里那半数的鲜花，在那个春天与放翁重逢；不如说，是青年时期的陆游，在那个春天与多年以后的自己重逢。彼时彼地，春花，又是何物？春游者，又是何人？

当然，中国文化史上影响最为深远的一次春游发生在距今两千五百多年以前的春秋时期。那一天，孔子下课了，和自己的四个学生子路、曾皙、冉有、公西华在一起坐着闲谈。孔老师说："各位同学总说是别人不了解你们的才能，如果有人懂你，你将会如何做呢？"子路、冉有、公西华三位，分别从军事、行政、外交几个方面阐述了自己的为政理想，同时，也通过自己的言行展示了各自的率直鲁莽，或谦逊礼让。最后，那个似听不听、似坐没坐，懒洋洋弹琴的学生曾皙把琴推到了一边向老师报告说："报告孔老师，我的想法和同学们略有不同呢。"孔老师非常注重个性教育，说："好啊，但说无妨！"小曾同学就讲："在天气和暖的暮春时节，我要穿上春天的衣服，和五六个成年人、六七个少年，一起到沂水里游泳，再到舞雩台上吹吹风，最后，唱着歌回家。"孔老师听完了小曾同学的春游计划之后，长叹了一声，说："我呀，我赞同曾皙同学的想法呀！"（此处孔灏注曰：孔子他老人家是这样说的，也是这样做的！后来，他亲自带着一群学生周游列国，在许多国家的大河中游泳，到许多国家的高台上吹风，"走过许多地方的路，行过许多地方的桥,看过许多次数的云,喝过许多种类的酒"……)

按后天八卦的方位和类象所说,震卦,位在正东;指春分时节(即阴历春季三四月之交),或指每月初三(阴历),或指上午五至七时;意为新生、迅疾、奋进、兴起、刚健等等。所以,可以把春游理解为一次生命的重启,一次精神的觉醒,一次自我的呈现,一次人与世界的相互转换,一次返回,一次出发,一次水流千里归大海的追本溯源,一次直挂云帆济沧海的高歌猛进,或者,就是那么一次:在匆匆的行走中突然停下脚步,看看天气,换身春衣,带上孩子,游泳去,唱歌去!这样的一游一唱,当能渡过自己,也渡过时光。

20世纪初,李叔同在浙江一师任教时,以五线谱发表了一首三声部的合唱曲《春游》,这是中国近代音乐运用西洋作曲方法写成的第一部合唱作品,1993年被评为20世纪华人音乐经典。歌词是:"春风吹面薄于纱,春人装束淡于画。游春人在画中行,万花飞舞春人下。梨花淡白菜花黄,柳花委地芥花香。莺啼陌上人归去,花外疏钟送夕阳。"在这首歌里,诗人李叔同写了时间,写了空间,写了花,写了人,写了飞鸟,写了夕阳,也写了春天的色彩后面,人世的风景和心境。虽然没有那一首"长亭外、古道边"著名,却另有一种深刻,另有一种情韵。后来,诗人李叔同出家了,法号弘一。僧人弘一法师去世前写过一首临终偈:"君子之交,其淡如水。执象而求,咫尺千里。问余何适,廓尔忘言。花枝春满,天心月圆。"这偈颂没名字,如果让他起个名字,或者,也会叫作《春游》吧?

若是有人来问为什么?我猜,要是请孔子作答,他老人家必定不说别的,只说:换身春衣,带上孩子,游泳去,唱歌去!

他们的帽子

孔门高弟之中，温良恭俭让者居多。性情鲁莽、刚直好勇如子路一样的学生，真不多见。司马迁说，当初子路第一次见孔子时，"冠雄鸡，佩豭豚，陵暴孔子"：头戴雄鸡式的帽子，佩戴着公猪皮装饰的宝剑，以一种非常轻慢的态度来羞辱孔子，充分地展示了自己无知无畏的"浑不吝"。这样的形象，无论放在哪个朝代哪个国度，都至少是个疑似的"问题青年"啊！好在，孔圣人循循善诱，博之以文，约之以礼，以短短的几句话和一个精彩的妙喻，即点拨子路浪子回头，最终使他穿着儒服，带着礼品，通过孔子学生的引荐，拜到了孔子的门墙之下。

太史公著文，擅用闲笔。但是，上述《史记·仲尼弟子列传》中关于子路所用的文字，却完全是开门见山，秉笔直书。为什么？因为中国古人对于"冠"之一事的高度重视，其来久也！《礼记》

曰："冠者，礼之始也。"戴什么样的帽子？什么时候戴？以什么样的程序戴？都有礼制上的规定。冠礼，既是古代中国男性的成人礼，也是华夏礼仪文化的起点。所以《说文解字》明确指出："冠有法制，故从寸。"戴帽子有礼法、有制度，这礼法、制度都在尺寸之间体现出来。所以，司马迁写子路的"冠雄鸡"，亦如吕布吕奉先当日之"辕门射戟"，可称"弓开如秋月行天，箭去似流星落地，一箭正中画戟小枝"！

清代学者俞樾在《一笑》中，也讲过一个关于帽子的故事：有一个外派到地方任职的京官，向自己的老师老领导告别。老领导说："基层的干部不好当，你可千万小心才是。那人说：您老放心，我已经准备了一百顶高帽子，碰到人就送一顶给他，别人应该也不会对我有什么意见吧。"老领导很生气，说："我们熟读圣贤之书，终于'学而优则仕'，所为何来？最基本的要求就是应以忠直之道来对待别人，你又何必这样做呢？"那人说："可是老领导啊，放眼普天之下，像您这样不喜欢戴高帽子的有德之人，又能有几个呢？"老领导听了之后，叹口气，又点点头，说："唉，你的话也不是完全没有道理。"那人出来后，告诉别人说："我准备的一百顶高帽，现在只剩下九十九顶了。"

这故事可以说好笑，但是，我感觉它更加接近于"好玩"。因为，它把人性的光辉、人性的弱点，同时摆在了我们的面前，有温度，有质感，有体谅，有释然。试问，谁，在这一生之中，没重复过那位老师老领导那样的经历呢？何况，那位老师老领导对于自己学生那句话的认可，为什么不是一个成功者、一个有德之人作为勇者的一种自我担当，而一定是一个失败者虚妄而不自知的一种自我肯定呢？

按《史记》《续汉书·舆服志下》所载，时为秦代基层干部的汉高祖刘邦在其"亭长"任上，就常常让自己分管的干部前往当时经济和手工业比较发达的薛县去，请那里的人用非常廉价的竹子为自己做一种高帽子，自己命名为"刘氏冠"。据考证，这"刘氏冠"倒并非刘邦的发明，而是他根据战国之际楚国的贵族子弟，或有相当官衔的人等所戴的冠帽形制，让工匠来制作完成。这刘邦同志，大概也是有史以来自己为自己戴高帽子的第一人了！但是，这位高祖皇帝得了天下之后，依旧乐戴此冠而不疲，如此这般对于旧"物"的深情，可称"满满都是正能量"，把所谓的"苟富贵、无相忘"，表现得生动形象，跃然纸上。后来，刘邦死，此"刘氏冠"还被确定为汉代祭祀大典上通用的冠服。

不过，刘邦对于自己的"刘氏冠"，虽然是深情有加，但是他的爱憎取舍却还是不够通脱。比如，这家伙对于别人头戴儒冠就极为反感，时有故意往儒生的帽子里撒尿的恶作剧。如果从心理上分析，老刘的崇尚"刘氏冠"，和"尿溺以辱"儒生冠，这两者其实是一件事：都只不过是像子路一样，故意戴了只"雄鸡"冠而已。

从戴帽子看"通脱"，当然还是要看苏轼。这位把越来越偏远的贬斥之地"黄州惠州儋州"当作"平生功业"的宋代高级公务员，这位"竹杖芒鞋轻胜马，谁怕？一蓑烟雨任平生"的诗人，这位"溪声尽是广长舌，山色无非清净身"的禅者，这位"慢著火，少著水，火候足时它自美。每日起来打一碗，饱得自家君莫管"、

观自在

吃"东坡肉"吃到万事皆休的吃货,在海南儋州,甚至就地取材利用椰子壳制成了一种"椰子冠",并赋《椰子冠》诗一首"天教日饮俗全丝,美酒生林不待仪。自漉疏巾邀醉客,更将空壳付冠师。规模简古人争看,簪导轻安发不知。更著短檐高屋帽,东坡何事不违时"——我呀,就戴着这样的一顶帽子,也时髦得很呢!此椰子冠,人皆谓之"东坡冠"。

再回到开头关于子路的话题上。且说孔子自从有了这样一位学生之后,自己曾深有体会地总结道:"自吾得由,恶言不闻于耳。"自从我有了子路这个学生,那是再也听不到别人恶言恶语的话啦。当然,这话,应当只是客观地叙述一种事实,却未必纯是表扬子路。这种情况,完全可以从正反两个方面来理解。但是子路在孔子的教导之下,确是"出则事公卿,入则事父兄",更加忠诚、勇敢、知礼、守义了。公元前480年,子路所任职的卫国发生内乱,当时的他还在外公干,听到这事后,立刻赶回都城。在城门口,正巧遇到了他的师弟子羔出城逃难。子羔对大师兄说:"国君已经逃走了,城门也已经关闭了,咱们哥儿俩都三十六计走为上吧,何必因为别人的事情为自己平添祸殃呢?"子路听后,说了八个字:"食其食者,不避其难!"这八个字,斩钉截铁,通俗易懂:食人俸禄,怎么能逃避责任?即使是灾难,也决不回避!结果,子路在城中遭到了叛乱分子的围攻。战斗过程中,他的帽缨被斩断,于是,他留下了他的一生中最后一句话:"君子死而冠不免。"君子死就死了,帽子可不能掉下来。结果,他在为自己系好帽缨的同时,死于乱刀之下——不知道,他临死之前,在为自己系好帽缨的时候,会不会想到多年以前的自己，当时的那个轻狂少年，"头戴雄鸡式的帽子，佩戴着公猪皮装饰的宝剑"的嚣张样子？

　　从某种角度说，子路这人，或者可以批评他看不开吧？好像仅仅是为了一节帽缨而已嘛！对于丢掉性命而言，就算是整个帽子都丢了，又能如何？或者，这真是一种偏执、一种局限吧？但是，但是在子路的心里，如果他把帽子问题上升到文化、上升到理想、上升到信仰这样的高度，为了这些，他就算是拼了性命，你说：他，会后悔吗？

观自在

竹子的声音

明成化十九年某月某日,一个 12 岁的孩子问他的家庭教师:"先生,我们读书人第一等重要的事儿,究竟是什么?"这是公元 1483 年的北京,其情其景,约等于现代一个五六年级的小学生,很认真地和老师讨论教育的目的甚或是人生的终极目标问题。老师定睛看了看这孩子,心情有点复杂:一来,人家的老爸是当世金榜题名的状元公,人所敬仰;二来,这孩子好学善问,自己也是打心眼儿里喜欢他。但是毕竟,自己总是因为科考成绩不能尽如人意,才只好在此充任西席聊以度日,正心中不甘得很呢!眼下,这孩子偏偏提出了这样一个类似于"揭伤疤"的问题,可不是让人尴尬之极吗?他定了定神,又清了清嗓子,说:"那,当然是考取功名做大官啦!"小学生摇摇头,说:"考取功名,恐怕不是第一等的大事。"老师一听这话,有点着急,也有点反感,就问他:"那你说,什么才是第一等的大事？"这孩子答："我觉得应该是读书，做圣贤。"

这孩子名叫王守仁，别号阳明。他的回答干脆利落，让人不由得眼前一亮、精神一振，也让人不由得想起在我们江苏淮安，另外一位12岁的孩子。那一年，他的校长问大家："请问诸生为什么而读书？"这孩子回答说："为中华之崛起而读书。"这孩子大家都知道，他，就是我们中华人民共和国的第一任总理周恩来。

所谓有非常之人，必有非常之事。"非常之人"王阳明长到16岁（一说21岁）上，又做了一件奇事：在自家的院子里看了七天七夜的竹子，说是要"格物致知"。当然，他家的竹子和他家的老师一样，最终，并没能给他一个令其信服的答案。

王阳明"格"竹子，照现代人看来，也许更接近于行为艺术。但对他自己而言，那是探求真理，那是追寻意义，那是努力超越形而下之"器"以达于形而上之"道"。至于，他选的为什么是竹子？我觉得，这或许是个问题。

在中国文化中，竹子声名卓著。它质朴，素洁，敢爱敢恨，怀抱三尺月光，也根系万丈红尘。无论在山间水畔、屋后房前，竹子们都挺拔、俊秀，长成一种象征、一种精神：通常，它可以代表正直清高、谦虚谨慎、坚韧不屈、无私奉献、高风亮节等优秀品质。但是，竹子一旦被砍伐之后，既可以做成抒情的竹笛、清亮的洞箫，也可以做成明枪暗箭，甚或是陷阱里的尖刀。所以，像竹子这样"文武兼备"、爱憎分明的植物，理当，对于以"做圣贤"为人生目标的"天才少年"王阳明有所启示。

观自在

东汉时，赵晔的《吴越春秋》记载了一首《弹歌》，相传是黄帝时代的民间歌谣："断竹，续竹。飞土，逐宍。"这首歌，说的就是砍了竹子，制作弹弓，再把弹弓装上石块射击鸟兽。有专家说这是中国最早的诗歌，而且，此诗雄辩地证明了艺术源于生活，诗歌出于劳动。当年，鲁迅先生举例说的"吭育吭育派"诗歌，从对书写对象的推理逻辑上看，大略也是受了这《弹歌》中竹子的启示。

我的16岁是1984年，那时没有想过要"格"竹子，却听过程琳演唱过一首与竹子有关的歌《熊猫咪咪》。歌里面唱："竹子开花罗喂／咪咪躺在妈妈的怀里数星星／星星呀星星多美丽／明天的早餐在哪里？"这才知道，竹子也是开花的！而且，竹子开花，就预示着大片的竹林会枯死，于是，散居于山林之中的国宝大熊猫就会因为缺少食物而死亡。在那样的年龄，我们对于死亡的感受并不强烈，对于美丽的认识倒是朦朦胧胧地似乎是很有心得，于是，在喜欢程琳和她所演唱的歌曲的同时，对于熊猫的亲近感也得到了进一步的强化。

从《弹歌》，到《熊猫咪咪》，竹子的声音随物赋形、"为事而作"。但是，那都并不是竹子自己发出的声音。多年以前，我以为，竹子的声音应当是这样的：

> 从一片汪洋的竹海中急流勇退／退到比天空更远／静夜里　一泓箫声清亮／倒映出远行者／苍老了的容颜／／"袒露心迹的方式有多少种？"／一根竹子自言自语／它洞开虚空　洞开时间的喘息／让风　自由地出入／／把大山与大

水连接起来的沉默／截取了清秀与坚持的／一个片断。截取了一场春雨／满地的青草野花／张开倾听的耳朵……（拙作《箫》选段）

又或者，竹子的声音应当是这样的：

衙斋卧听萧萧竹，疑是民间疾苦声。些小吾曹州县吏，一枝一叶总关情。（郑板桥《潍县署中画竹呈年伯包大中丞括》）

从萧萧竹叶之声，想到老百姓的痛苦呻吟，这是诗人公务员郑板桥用自己的心中之竹成就了眼前之竹，也是公务员诗人郑板桥用肉体的自己成就了精神的自己。这声音里，有自省，有责任，有中华民族流淌在血脉里的文化基因。

竹子的声音，还应当是这样的："毒刑拷打那是太小的考验……竹签是竹做的，但共产党员的意志是钢铁！"这是著名的革命烈士、共产党员江姐狱中书信摘句。江姐，名江竹筠，四川人，1939年加入中国共产党。1945年与彭咏梧结婚，婚后负责中共重庆市委地下刊物《挺进报》的组织发行工作。1948年，彭咏梧在中共川东临时委员会委员兼下川东地委副书记任上牺牲，江竹筠接任其工作，继续领导当地的革命斗争。1948年6月14日，江竹筠在万县被捕，受尽严刑拷打，始终英勇不屈，1949年11月14日被敌人杀害并毁尸灭迹。江姐的名字中有"竹"，有"筠"，"筠"的本

观自在

义是竹子的青皮——这里的"青"字,也即"留取丹心照汗青"之"青"。

"未出土时已有节,到凌云处尚虚心",说气节、说虚心,自必提到竹子;"咬定青山不放松,立根原在破岩中。千磨万击还坚劲,任尔东西南北风",说顽强、说坚持,自必提到竹子;"一节复一节,千枝攒万叶。我自不开花,免撩蜂与蝶",说兼济天下、说独善其身,自必提到竹子;"宁可食无肉,不可居无竹。无肉令人瘦,无竹令人俗。人瘦尚可肥,士俗不可医",说衣食住行,说居家过日子,自必提到竹子……众说纷纭,而竹子无语。竹子的声音,在观者的眼中和感悟者的心中。

说到这里,明显,就对比出禅门中人不管不顾的刚劲和峻烈了:有道是"青青翠竹,皆是法身。郁郁黄花,无非般若",则翠竹、黄花本也不是翠竹、黄花,它们和"道"一体,和这个"悟道"的人一体,它们以自己的真实来承载和体现着这个世界的虚妄,"如梦幻泡影,如露亦如电"。

有副关于竹子的对联说:"居中有竹春常在,山静无人水自流。"我想象着贬居于黄州的苏东坡,或者曾手书了这副对联,把它挂在自己的破墙之上,或者常常,还会得意扬扬地自我欣赏一下呢。这时,我,也就有点得意扬扬的感觉了——或许,我懂了苏轼,也懂了竹子。其实所谓竹子的声音,那也并不是要考验一个人的耳力、视力或想象力,那不过是强调人要"正心诚意":好比苏轼因了自己的赤子情怀,就"眼前见天下无一个不好人",那时,自可将身形一闪,也变作竹林里的一阵微风了。

后 记

据说,达摩祖师到中土来,是为寻一个"三不欺"之人:不自欺,不欺人,也不被人欺。"三不欺"之人甚难找,难在总是有人心甘情愿地自欺、欺人或被人欺。

当年二祖慧可为了向达摩祖师求法,自断左臂以明其志。然后,他请教达摩祖师说:"我的心不安,请求老师您为我安心。"达摩祖师说:"把你的心拿来,我为你安。"二祖慧可想了想,说:"想找那个心,却又找不到了。"于是达摩祖师告诉他:"好,我已经把你的心安好了。"这样的对话,说的就是一个人,从被"欺"到变成"三不欺"的过程。但是,即使到了一千五百年之后,又有多少人,能够把这故事看得明白?

毕竟,我们被"欺"得太久了!

"观自在"是《心经》前三个字。这三个字,可以理解成:看

观自在

看自己在不在？也可以理解成：看到自己一直在。看看自己在不在的人，有个很有名的代表人物叫庄子，他说："今者吾丧我，汝知之乎？"看到自己一直在的人，也有个很有名的代表人物叫辛弃疾，他说："我见青山多妩媚，料青山见我应如是。"像我这样碌碌无名的愚夫愚妇，没有那么多的思想，只把这三个字当成一个名字，一个名叫"观自在"的菩萨的名字。

世间事最怕简单。一旦简单，把"圣"也"绝"了，把"智"也"弃"了，就大事化小、小事化无了，就连上帝也不发笑了、孔子也不周游列国了，就刀枪入库、马放南山了，就"家家扶得醉人归"了。

唐代的肃宗皇帝向南阳慧忠国师请开示。慧忠国师点拨了两句，见皇帝不懂，索性闭上眼睛不再理睬。皇帝很生气，说："朕一国之主、九五之尊，你竟然看都不看我一眼。太无礼了吧？"国师就问他："陛下，您看见天空了吗？"皇帝说："我当然看见了！"国师又问他："那么，天空，可曾看陛下您一眼呢？"

但是，事情好像又不是这样啊！天空当然可以不看我们，可是我们，难道真的就可以不看天空了吗？

所以，我们不仅要看天空，还要——观，自，在。

是为记。

孔灏，2018年暮春之夜